KB197187

3

미시마 요무

illustration
타카미네 나다레

나는 성간 국가 의
I am the Heroic Knight of the Interstellar Nation
영웅 기사!

마리
Marry ▰▮▮▮▮▮▰▮▮▮ ▰▮ ▰

"이제 겁먹지 않아도 된다.
두려워하지 않아도 된다."

헤이디
Heidi ◁ ━━━ ▮▮▯▮▮▯▮▮▮▮▯ ▮ ▯

"조용히 보고 있어."

엠마
Emma ◁ ━━━ ▮▮▯▮▮▮▯▮▮▮ ▮ ▯

"엠마가 없어도
  같은 결과가 나왔을 것 같아?"

몰리는 엠마의 노력이 허사가
되는 것이 참을 수 없었다.

몰리
◇ Mollie ▮▮▮ ▮▮▮ ▮▮ ▮

"⋯⋯너도 대처할 수 있는 범위에서 그쳤구나."

네이산
Nathan

SG-F04

글래디에이터

△ GLADIATOR ▮▮▮▮▮▮▮▮▮▮▮▮▮▮ ▮

CONTENTS

나는 성간 국가의
I am the Heroic Knight of the Interstellar Nation
영웅 기사!

◇ 3 ◇

➤ 미시마 요무 ◄
illustration
➤ 타카미네 나다레 ◄

커버 그림, 본문 일러스트 | **타카미네 나다레**

제7병기공장의 거점인 네이아는 소행성을 이어 붙인 집합체다.

공장의 기능은 기본이고, 거주 구역도 구축되어 있다.

건물이 늘어선 상업 지구에서 점심시간에 쇼핑하는 집단이 있었다.

가족이나 친구 모임과는 분위기가 다른 이 집단은, 주차장에 있는 투박하고 큰 차량의 짐칸에 짐을 싣고 있었다.

그중 한 명인 보브컷 여자아이는 번필드가의 문장이 그려진 기사복을 입고 있었다.

이름은 『엠마 로드먼』.

번필드가의 내부 랭크는 B 평가이며 사설군에서는 중위 계급이다.

도저히 군인으로는 보이지 않는 앳된 모습이지만, 이래 봬도 힘든 싸움에서 살아남은 여기사다.

제3병기공장의 시작실험기 『아탈란테』의 테스트 파일럿을 거쳐 현재는 정식 파일럿이 되었기에, 이제는 어엿한 전용기 소유자이기도 하다.

기사 학교를 졸업하고 느닷없이 좌천당했던 그녀지만, 지금은 주위 사람이 보기에는 번필드가의 기대를 받는 젊은 기사 중 한 명이다.

현재는 다음 임무를 위한 준비 중이었다.

"좋아, 이걸로 개인적인 쇼핑은 끝이네요."

엠마는 무거운 짐을 차량에 옮겨놓고 만족감에 자연스럽게 웃음이 나왔다.

얼굴에 스며 나온 땀을 손등으로 닦고 있으니, 소대 소속 정비사인『몰리 바렐』일병이 다가와서는 짐칸에 놓인 엠마의 짐을 보고 눈을 크게 떴다.

그녀는 트윈테일 스타일을 하고 다니는데, 실은 헤어스타일 보다는 옷차림을 더 주목받는다.

작업복 바지에, 상의는 가슴을 가리는 천 한 장이 고작이기 때문이다.

자연스럽게 주변 남자의 시선이 쏠리지만, 본인은 신경 쓰는 기색이 없다.

엠마를 비롯해 소대의 멤버들도 몰리의 노출에 익숙해져서 이제는 신경 쓰지 않는다.

그리고 군인답지 않은 모습을 했어도, 몰리의 정비 실력은 진짜다.

우수한 기동기사 정비사인 것은 틀림없다.

문제는 성격이 군대 사회에 맞지 않는다는 점이다.

그녀 역시 군인이지만 상하 관계 의식이 옅다. 그래서 우수하지만 좌천당했으며, 좌천 후에 만난 엠마도 여전히 친구처럼 대했다.

엠마는 그걸 싫다고 생각하진 않았지만, 이번엔 상황이 조금 좋지 않았다.

"아~! 엠마, 또 프라모델 산 거야?"

쇼핑백 안쪽에 넣어서 숨겨둔 기동기사 프라모델을 들켜서 엠마의 시선이 이리저리 흔들렸다.

"상관없잖아. 어차피 내 돈으로 산 건데."

자기는 잘못하지 않았다고 말하는데도, 얼굴에는 당황한 기색이 역력했다.

같은 소대의 멤버인 '래리 크레이머'가 난처해하는 엠마를 보고 작게 한숨을 쉬었다.

"또 프라모델이냐? 전에도 비슷한 걸 조립하고 있었지? 용케도 안 질리네."

긴 앞머리로 한쪽 눈을 가리고 다니는 래리의 계급은 준위.

그 역시 엠마의 부하지만, 그의 언행은 연하의 지인을 대하는 듯했다.

래리의 태도에 화가 난 엠마는 래리의 쇼핑백을 보고 트집을 잡았다.

"그렇게 말하는 래리 씨도 게임기를 샀잖아요. 전에도 비슷한 걸 샀었죠?"

래리가 산 것은 게임기 본체가 내장된 컨트롤러다.

비슷한 걸 산다는 말이 마음에 들지 않았는지, 래리가 지근지근 비아냥을 담아 정성껏 설명했다.

"아무것도 모르는 넌 차이를 모르겠지만 하나하나에 확실하게 특징이 있다고. 물론 내용물은 전부 다르지. 나라와 지역, 그리고 행성별로. 때에 따라서는 행성 안의 한정된 일부 지역에서만 할 수 있는 게임 소프트가 안에 들어있거든. 참고로 내가 고른 건 명작이 모여 있는 베스트 컬렉션판이다. 전부 재밌는 건 물론이고 사양은 당연히 다르지. 컨트롤러도 세부가 달라서 게임을 통해 문화를 느낄 수 있지."

래리의 장황한 설명에 엠마는 좋은 반격이 생각나지 않아 횡설수설했다.

"굳이 컨트롤러를 사지 않아도 통신망에 접속만 되면 할 수 있다고 들은 것 같은데요."

"통신망이 커버하는 지역의 게임은 그렇지. 하지만 우린 항상 접속할 수 있는 환경에 있는 게 아니잖아?"

임무를 수행하러 간 곳에서 접속할 수 없는 상황도 많고, 임무 중에 접속을 제한당하는 경우도 있다.

래리에게 논파당한 느낌이 든 엠마는 납득이 안 됐지만 말싸움을 그만뒀다.

더 이상 말싸움을 해도 의미가 없다는 걸 깨달았기 때문이다.

"알겠습니다. 알겠다고요. 제가 부주의한 발언을 했습니다!"

엠마가 패배를 인정하자 래리가 의기양양하게 입꼬리를 올렸다.

둘의 모습을 보고 있던 몰리는 허리에 손을 대고 어이없어했다.

"결국 둘 다 똑같잖아? 이유야 어쨌든 래리가 게임기를 잔뜩 모으고 있는 건 사실이고."

래리는 그런 말을 들었지만, 몰리에겐 호의적이었다.

"부정은 하지 않아. 하지만 이 레트로한 느낌을 도입한 디자인은 또 없다고."

"래리는 방의 벽에 장식하고 있지? 이미 컨트롤러로 가득한 거 아냐?"

"그게 좋은 거지. 매일 밤 어떤 걸 할까 고르는 시간이 가장 행복해."

둘은 웃으면서 이야기했다.

그 모습을 보고 있던 엠마는 자신과 소대 멤버 사이에는 아직도 거리가 있다는 걸 느꼈다.

그래도 낙담하진 않았다.

(이전보다는 편하게 대해주잖아? 언젠가는 평범한 소대가 될 수 있을지도.)

엠마는 자신이 이상적이라 생각하는 소대의 모습이 있다.

그 이상에는 한참 못 미치지만, 확실하게 가까워지고 있다고, 그렇게 믿고 있다.

세 명이 떠들고 있으니 조금 늦게 『더그 윌시』 준위가 왔다.

수염을 기른 남자로, 네 명 중에선 가장 연장자다.

양손 가득 안고 있는 쇼핑백 틈으로 술병이 보였다.

"미안. 메레아에서 직접 받는 절차를 처리하다가 늦었어."

엠마는 기쁜 듯이 웃으면서 말하는 더그에게 주의를 줬다.

"또 대량으로 술을 사들인 거예요?!"

더그는 구매한 술을 짐칸에 싣고는 빠르게 뒷좌석으로 이동했다.

"걱정하지 마. 술안주도 잊지 않고 샀으니까."

"그런 뜻이 아니에요!"

더그가 타자 몰리와 래리가 어깨를 으쓱이고 두 사람도 올라 탔다.

몰리는 조수석에.

래리는 뒷좌석에.

필연적으로 엠마가 운전석에 앉게 되었다.

자동 운전 기능이 있어서 반드시 운전할 필요는 없지만, 그래 도 상관을 앞힐 자리는 아니다.

세 사람보다 늦게 차에 탄 엠마는 스스로를 타일렀다.

(참아. 지금은 참아. 내가 이상적으로 생각하는 소대를 실현하 기 위해 힘내는 거야.)

굳은 표정을 지으면서 운전석에 앉은 엠마는 차를 출발시켰다.

"그럼 메레아로 돌아갑니다."

모함인 메레아에 돌아간다고 하자 사는 걸 잊어버린 게 떠올랐 는지, 더그가 이마에 손을 대고 말했다.

"이런. 팀 사령관님이 심부름시켰었지. 미안한데 잠시 들렀다 갈 수 있나?"

더그가 그렇게 말하자 이번엔 래리와 몰리도 편승했다.

"그럼 난 게임 전문점에 가보고 싶은데. 아직 시간 있었지?"

"엥~, 그럼 난 과자 먹고 싶어. 아, 그렇지! 엠마, 같이 케이크

같은 거 먹으러 안 갈래?"

이런저런 말을 듣고 엠마는 표정을 굳히면서 대답했다.

"아, 알겠습니다."

(참아. 지금은 참는 거야, 나!)

이것이 엠마가 이끄는 제3소대의 실정이었다.

◇

엠마 일행은 예정 시간에 아슬아슬하게 맞춰서 쇼핑에서 돌아왔다.

제3소대의 면면들은 메레아 함선의 복도를 나아갔다.

무중력 상태라서 구매한 상품을 그물에 감싸 안아서 옮기고 있었다.

엠마는 시간에 늦지 않게 돌아온 걸 안도했다. 서두른 탓에 땀을 흘리고 있었다.

"어떻게든 늦지 않았어."

중요한 짐을 안고 있는 엠마를 보고 술병 하나를 들고 뚜껑을 연 더그가 웃었다.

"딱히 늦어도 문제없잖아. 어차피 출발은 내일인데."

도중에 술을 마시기 시작한 더그를 본 엠마는, 대체 어디서부터 지적해야 하나 골머리를 앓다가 결국 포기했다.

"여러분이 그런 식으로 시간관념이 느슨한 탓에 아슬아슬했던 거라고요. 원래는 여유롭게 돌아올 수 있는 일정인데."

"늦는다고 팀 사령관님이 신경이나 쓸 것 같아? 격납고에 돌아온 차만 봐도 알 수 있다고. 다른 소대들은 돌아오지도 않았어."

엠마와 제3소대만 시간에 맞춰 돌아왔다.

다른 소대의 상황을 들은 래리가 엠마에게 불평했다.

"아이고, 착실한 대장님 때문에 우리만 놀 시간이 없구나. 하아~ 다른 소대 녀석들이 부럽네."

몰리가 래리에게 주의를 줬다.

"말이 심하잖아, 래리."

"사실인걸?"

"엠마도 이래저래 노력하고 있다고. 우리 소대에 신형기체가 들어온 게 누구 덕분인지 잊었어?"

"2년 전의 이야기를 아직도 하나. 언제까지 생색을 내려고."

몰리에게 하는 대답이었지만, 래리의 시선은 엠마를 향하고 있었다.

고작 그런 일로 우쭐대지 말라고, 그의 시선이 이야기하고 있었다.

엠마가 짐을 안는 힘이 조금 세졌다.

(아직 부족하구나. 역시 내가 더 강해져서 인정받을 수밖에 없는 걸까?)

자신의 한심함에 염증을 느끼던 찰나, 통로 저편에서 낯선 집단이 다가왔다.

엠마뿐만 아니라 더그와 래리, 그리고 몰리까지 그 집단을 주시했다.

그들이 옷이 기사복이었기 때문이다.

메레아에 자기 이외의 기사가 있을 줄은 몰랐던 엠마는 놀라서 멈춰버렸다.

스쳐 지나가려던 때에 집단 앞에서 걷는 청년이 엠마를 불러세웠다.

"오랜만이네, 로드먼."

"——어? 혹시, 러셀 군?"

이름을 부르자 상대가 노골적으로 얼굴을 구겼다.

청년은 자신의 계급장을 가리키며 엠마에게 태도를 고치라고 말했다.

"계급장이 안 보여? 지금 난 대위야, 로드먼 중위."

그의 이름은 『러셀 보너』.

엠마와 동기인 남자 기사다. 동기 기사라고 해도, 두 사람은 전혀 다른 길을 걸어왔다.

기사 학교에서 우수했던 러셀은 졸업과 동시에 중위로 승진해 출세 코스를 밟고 있다.

벌써 대위로 승진한 것이 그 증거다. 아마 이후에도 순조로운 인생을 걸을 것이다.

그렇기에 더더욱 엠마는 러셀이 이곳에 있는 게 믿기지 않았다.

"러셀…… 대위님이 왜 메레아에?"

엠마는 러셀이 실수해서 좌천당했나 순수하게 걱정하는 마음으로 물었을 뿐이었다.

러셀은 그런 엠마를 보고 놀란 후에 모멸하는 시선을 보냈다.

"아무것도 모르나? 이번 임무에서 내 소대가 메레아를 모함으로 삼아 출전한다. 사전에 통지했을 텐데?"

그런 것도 모르냐고 깔보는 말투였다.

그러나 실제로 엠마는 아무것도 들은 게 없었기에, 눈을 휘둥그레 뜨고 소대 멤버를 봤다.

자기만 모르는 게 아니길 바랐건만—— 더그가 입을 열었다.

"그러고 보니 팀 사령관님이 그런 이야기를 했었지. 이번 임무에서 기동기사 소대를 받는다나 어쩐다나."

술자리에서 이야기를 들었는지, 그마저도 확실하지 않았다.

이에 엠마도 주의를 줬다.

"알고 있으면 보고하셨어야죠!"

"미안해~. 하지만 손님이 있다고 해서 딱히 달라질 것도 없잖아."

사전에 확인하지 않은 엠마와 상관에게 주의를 받고도 주눅 드는 기색도 안 보이는 더그.

황당한 모습에 러셀의 미간에 깊은 주름이 생겼다.

러셀 뒤에 있던 부하 둘도 그들을 바보 취급하듯이 쿡쿡 웃었다.

한 명은 여기사.

"세상에, 부하한테 가르쳐달래. 스스로 확인하면 되는데 말이

야~."

또 한 명은 남자 기사.

"소문 이상으로 심각한 곳이네요, 러셀 대장님."

러셀은 지나가면서 엠마에게 말했다.

"역시 넌 기사에 적합하지 않아."

"——?!"

기사로서 출세가도를 달리는 러셀의 말에, 엠마는 고개를 숙이고 손을 꽉 쥐었다.

어느 행성의 도시에 있는 회원제 바.

남녀 한 쌍이 카운터석에 앉아있었다.

고층빌딩의 상층답게, 창밖으로 도시의 아름다운 야경이 보였다.

그러나 카운터석에 앉은 남녀는 야경에 흥미가 없는지, 등을 돌리고 앉아 풍경에 눈길조차 주지 않았다.

고급 바에 어울리는 비싼 정장을 입고 있은 남자가 웃음을 흘렸다.

늦은 밤인데도 옷차림은 흐트러지지 않았고 지친 기색도 없었다.

그가 일이 없는 사람이라면 그럴 수도 있지만, 여자는 이 남자가 바쁜 걸 알고 있다.

오늘도 일을 몇 건이나 끝냈고 바에서 술을 마신 후에도 일을 할 것을.

불멸의 세일즈맨이라 불리는 그의 이름은『리버』.

성도 없고, 본명인지도 의심스러운 이름이다.

그런 그가 일하는 곳은 알그란드 제국의 병기공장이다.

희미한 웃음을 지으면서 옆에 앉아있는 여자에게 부드러운 말투로 말을 걸었다.

"제7병기공장 습격 실패는 정말 아쉬웠습니다. 덕분에 높으신 분들의 푸념이 이만저만이 아니었죠."

부드러운 분위기를 내면서 은근히『너 때문에 상층부가 화났고

23

내 평가가 내려갔다』고 말했다.

옆에 앉은 여자는 색기 있는 검붉은색 드레스를 입고 있었다.

양어깨와 가슴의 골짜기가 드러나 있고, 스커트 옆이 트여있어 허벅지도 훤히 보였다.

그녀의 이름은『시레나』.

은발에 광채가 사라진 녹색 눈동자. 용모가 빼어나고 몸짓도 아름다운 그녀는, 그 색기로 바에 있는 사람들의 시선을 끌었다.

시레나는 그들의 시선을 느꼈지만 개의치 않았다. 그저 칵테일 잔 안의 액체를 바라보고 있을 뿐이었다.

"실패라니, 너무하네. 난 의뢰를 달성했는걸? 표적에 피해를 줬고, 시제기를 파괴했으니까."

시레나가 뻔뻔하게 대답했지만, 리버는 화내지 않았다.

오히려 작게 어깨를 으쓱이며 즐거워했다.

"뻔뻔해서 좋네요."

리버는 좋은 인상을 느낀 모양이지만 시레나는 섬뜩함을 느꼈다.

"결과를 보고했을 때는 불쾌했던 거 같은데?"

마치 사람이 변한 듯한 반응.

리버는 시치미 뗐다.

"그랬던가요? 그럴지도 모르겠군요."

리버는 생각하는 기색을 보였지만, 잊어버렸는지 이 이야기를 흐지부지 끝냈다.

"본제로 들어가죠. 당신을 불러낸 건 새로운 의뢰가 있기 때문입니다."

리버는 자신의 단말기를 조작해 카운터 테이블 위에 의뢰에 관한 자료를 투영했다.

의뢰에 관한 자료와 영상이 나오자, 시레나의 눈빛이 조금 험악해졌다.

업무 모드가 되자 말투도 조금 험해졌다.

"번필드가가 황위 계승권 싸움에 뛰어든 건가."

자료에는 시레나, 리버와 관련이 있는 번필드가에 대한 내용이 적혀있었다.

현재 제국에서 힘 있는 백작가인데, 알그란드 제국의 계승권 싸움에도 낄 모양이다.

겁을 상실한 걸까. 지방에서 우쭐해진 귀족이 대도시에서도 자신의 힘이 통할 것이라 착각한 게 아니고서야, 이럴 수는 없다.

리버는 정보를 보충했다.

"네, 게다가 클레오 전하를 추대하고 있습니다. 계승권은 3위지만, 현실은 황제의 자리에서 가장 먼 사람이죠."

시레나도 눈을 휘둥그레 떴다.

"정말 이길 생각이 있긴 한 거야?"

리버는 놀란 표정을 보인 시레나에게 약간 낙담했다.

"이런, 전부 처음 듣습니까? 제국 소식이 너무 늦는군요. 이 정도 정보는 기본이라고 생각합니다만."

리버의 비난을 받은 시레나는 얼굴을 돌리고 불쾌한 표정을 지었다.

요즘 바빴던 것을 떠올리고 기분이 안 좋아졌기 때문이다.

"이래저래 바빴다고."

시레나는 달리아 용병단을 이끄는 단장이다.

이전에는 리버의 의뢰로 제7병기공장을 공격하고 엠마가 타는 아탈란테도 파괴했다.

그때 대부분의 전력을 잃어서 요즘엔 보충과 훈련으로 아주 바빴다.

용병단을 유지하기 위해 의뢰도 받아야 해서 정말 바쁜 나날을 보내고 있었다.

리버에게도 이런저런 불평을 하고 싶었지만, 약점을 보여주고 싶지 않아서 참았다.

답을 얼버무리려고 했지만, 리버는 허용하지 않았다.

"아, 잃은 전력을 보충하느라 바쁜 모양이군요? 저번 임무에서 다소 무리했다고 하더니, 이래서 이번 임무를 수행할 수 있겠습니까?"

시레나가 바빴던 이유는 이미 조사한 모양이다.

"진짜 짜증이 나는 놈이네."

"그건 뜻밖이군요. 저는 이래 봬도 당신을 높이 평가하고 있습니다. 전력을 크게 잃었는데도 여전히 벌처의 간부 자리를 지키고 있는 것만 봐도 알 수 있죠."

칭찬받아도 시레나는 기쁘지 않았다.

실제로는 전력 보충을 위해 상당히 무리하고 있다. 당장 지금도 만전의 상태라고 하긴 어렵다.

리버도 눈치채고 있는 듯했지만, 시레나에 이번 의뢰 내용을 설명했다.

"클레오 전하와 라이너스 전하의 계승자 싸움이 점차 과열되고 있습니다. 그 과정에서 라이너스 전하의 발안으로 번필드가는 경제 제재를 받았죠."

계승권 제2위인 황자의 노여움을 산 지방의 제국 귀족이 벌을 받고 있다.

정리하면 이 정도의 이야기이며 의뢰와는 관계가 없는 것처럼 느껴졌다.

하지만 경제 제재를 받는 건 번필드가다.

현재 제국에서 가장 힘 있는 백작가이며 요 수십 년 동안 화제에서 빠지지 않았다.

그리고 둘에겐 인연이 있는 사람이기도 하다.

시레나가 조용히 설명을 듣고 있으니, 리버가 계속해서 말했다.

"번필드가는 현재 상황을 개선하기 위해 다른 성간 국가와 거래를 할 생각인 것 같습니다. 그중 한 곳이 루스트와르 통일 정부이죠."

통일 정부라는 말을 듣고 시레나는 너무 의외라서 반응하고 말았다.

"제국 귀족과 통일 정부라니, 물과 기름 같은 관계잖아. 거래가 잘될 것 같진 않은데."

루스트와르 통일 정부가 채용하고 있는 제도는 민주주의다.

귀족제를 채용한 제국과는 상성이 안 좋다.

상대를 싫어한다기보다는 정치 체제의 차이로 인해 상대를 이해하지 못한다고 보는 게 맞다.

통일 정부 입장에서 보면 인권 의식이 낮은 제국은 믿을 수 없는 성간 국가다.

제국 처지에서 보면 민주주의는 제정신이라 볼 수 없는 정치 체제다.

서로 이해하지 못하는 양국은 국경에 요새를 마련해 계속해서 대치하고 있다.

작은 싸움도 빈발하고 있어서 거래상대로 성립할 것 같지 않았다.

리버가 보기에 번필드가가 통일 정부와 거래를 하려고 하는 건 궁지에 몰린 증거인 모양이다.

"지푸라기라도 잡고 싶은 거겠죠. 우리에게 기회라고 생각하지 않나요?"

막다른 곳에 몰린 번필드가를 공격할 기회라고 듣고 시레나가 흥미를 보였다.

"그래서, 나한테 뭘 시키고 싶은데?"

리버는 하얀 이를 보이며 씨익 웃고는 자세한 의뢰 내용을 이야기했다.

"통일 정부와 거래를 맡은 건 뉴랜즈 상회입니다."

뉴랜즈 상회는 제국에서 장사하는 큰 상회 중 한 곳이다.

주로 지방 귀족을 상대로 장사를 하고 있으며 지방을 중심으로 한 독자적인 네트워크가 강점인 상가다.

달리아 용병단도 몇 번인가 신세를 진 적이 있다.

친분이 있는 시레나 입장에서는 뉴랜즈 상회가 현재의 번필드가에 힘을 빌려줄 줄은 몰랐다.

"지방에 강한 뉴랜즈 상회라도 하락세인 번필드가의 편은 안들 거야. 거긴 큰손인 만큼 엄격한걸."

리버는 시레나에게 추가 정보를 제시했다.

"번필드와 협력하는 건 뉴랜즈 전체가 아니라, 간부 한 명이에요. 이름은『파트리스 뉴랜즈』. 창업자 일족 출신 간부이고 번필드가와 개인적으로 관계가 있습니다."

시레나는 리버의 설명을 듣고 겨우 납득했다.

"간부 한 명이 큰 도박을 건 거네. 그래서 나한테 뉴랜즈 상회의 선단을 습격하라는 말이야? 미안하지만 거절하겠어."

(번필드가가 엮인 거래라면 놈들의 호위 함대가 있어도 이상하지 않지. 내 용병단도 한창 재정비하는 중이네 놈들과 싸우는 건 사절이야. ──그래, 싸우지 않는 게 옳은 선택이야.)

단장으로서 승산 없는 싸움은 피하고 싶다고 생각하면서도 시레나의 마음에는 가시처럼 박힌 인물이 있었다.

——엠마 로드먼.

정의의 기사를 동경하는 꿈 많은 여기사.

엠마의 얼굴이 떠올라 시레나는 아주 불쾌한 표정을 지었다.

(그런 계집애한테 언제까지고 집착하다니, 나도 아직 멀었네.)

리버는 작게 한숨을 쉬고 마음을 다잡은 시레나에게 솔직한 평
가를 이야기했다.

"하락세라고는 해도 번필드가의 함대는 정규군의 정예 수준으로
강합니다. 달리아 용병단이라도 이길 수 있을 것 같진 않습니다."

리버의 평가는 정확했다.

제국 내에서도 강하다고 알려진 번필드가의 사설군이다.

정면으로 싸우면 달리아 용병단은 상대도 안 될 것이다.

시레나도 실력은 인정하지만, 달리아 용병단이 얕보이는 건 싫
어서 받아쳤다.

"재정비하는 중이 아니었다면 습격쯤은 성공시켰어."

리버는 허세를 부리는 시레나에게 대담한 웃음을 지었다.

"그거 아쉽네요. 자, 의뢰에 관한 이야기는 지금부터가 핵심
입니다. 이번에 달리아 용병단에 수송과 교섭을 부탁하고 싶습
니다."

수송하는 물건과 보내는 곳을 들은 시레나는 잠시 생각하고 대
답했다.

"서론이 긴 건 싫지만, 이번 의뢰를 받아들이지."

◇

장거리 워프 게이트를 이용해서 소행성 네이아에 도착한 함대가 있었다.

선체에 번필드가의 문장이 그려진 함대다.

함대를 이끄는 기함은 800m 정도 되는 우주 전함이었다.

다른 함정과는 달리 보라색으로 도색되어 누가 타고 있는지 아군에게 명확하게 나타내고 있었다.

기함의 브릿지에는 이번에 사령관으로 임명된 여기사의 모습이 있었다.

양손을 허리에 대고 자기들과 합류할 예정인 아군 함들을 바라보고 있었다.

조용히 있는 사령관님의 대각선 뒤에는 수염을 다듬지 않고 기른 남자 기사의 모습이 있었다.

여기사의 부관이며, 이번에는 부사령관을 겸임하고 있는 남자다.

그가 상사에게 말을 걸었다.

"합류 예정인 놈들은 어떻지? 조금은 쓸만한 놈들이면 다행일 텐데. 네 직감은 뭐라 말하고 있지?"

상관을 '너'라고 부르는 건 군대에서는 있을 수 없는 행위지만, 그렇게 불린 상관도, 그리고 브릿지의 승조원들도 태연했다.

여기사가 뒤돌아보자 긴 보라색 머리카락이 부채꼴로 펼쳐졌다.

날씬하지만 잘 단련된 몸을 가진 그 여자는, 험악한 표정을 지으면서 합류 예정인 아군에 대한 솔직한 감상을 말했다.

웃으면서 우아하게 행동하면서.

"쓸모없는 놈들이겠지."

입이 엄청 험한 여기사를 보고 부관은 쓴웃음을 짓고 『그러냐』라며 중얼거리기만 했다.

엠마와 제3소대의 모함인 메레아는 번필드가에서 경항모로 분류되는 함정이다.

소행성 네이아에서 보급과 정비를 받은 후, 다음 임무에 참가하기 위해 번필드가의 다른 함정들과 합류했다.

소행성 네이아 주변 공역에서 대기하고 있으니, 제7병기공장에서 정비와 보급을 받은 다른 함선과 워프 게이트를 사용해서 온 함선이 합류했다.

똑같이 번필드가에 소속되어 있긴 하지만, 되는 대로 긁어모은 함대다.

메레아의 브릿지에는 주요 멤버가 모여 있었다.

변경 치안 유지 부대의 사령관이자 함장을 겸임하는『팀 베이커』대령이 하품하고 있었다.

"우리처럼 좌천지에 있는 사람까지 긁어모으다니, 번필드가는 전력이 부족하군."

자학을 담은 상층부 비판에 엠마는 깜짝 놀랐다.

"대령님, 지금 그런 발언은……."

엠마가 러셀의 눈치를 살폈다.

그는 메레아의 멤버가 모여 있는 중앙에서 거리를 두고 팔짱을 끼고 집결한 함대를 보고 있었다.

팀 대령이 한 말은 상층부 비판이며, 러셀의 권한이라면 체포도 가능했다.

엠마는 당연히 알고 있어서 주의를 줬지만, 러셀은 움직이지 않았다.

엠마가 가슴을 쓸어내리고 있으니, 마지막으로 합류한 전함이 집결한 함대를 대상으로 통신 회선을 열었다.

기사복을 흩트려 입고 수염을 아무렇게나 기른 남자 기사가 모니터에 나타났다.

기사로서 옷차림이 단정하지 못한 데다가 태도도 안 좋은 사람이었다.

『특별 임무에 동원된 제군, 난 부사령관 '헤이디'다. 짧은 만남이 될지도 모르지만 잘 부탁한다.』

브릿지에 있던 더그가 소탈하게 인사하는 부사령관에게 호감을 품은 듯했다.

"기사님치고는 딱딱하지 않은 보기 드문 녀석이군."

래리도 입을 열었다.

"속은 시꺼멓고 음험할지도 모르지만요."

"가까워지고 싶지는 않지만, 태도가 저러면 우리한테 과하게 간섭 안 하잖아? 난 대환영이야."

두 사람이 대화를 시작하자 조용히 있던 러셀이 날카로운 시선을 보냈다.

"조용히 해라. 부사령관님의 말씀은 끝나지 않았다."

기사가 노려보자, 둘은 거북한 듯이 시선을 돌렸다.

모니터에 비친 헤이디는 당연히 메레아의 상황을 모르니 웃으면서 이어서 말했다.

『이번 임무는 그렇게까지 분발하지 않아도 된다. 심부름 같은 거니까.』

심부름이라는 말을 듣고 엠마 곁에 있던 몰리가 고개를 갸웃했다.

"그런 것 치고는 규모가 크지? 600척은 모인 것 같은데."

집결한 함대의 수는 600척이며 심부름치고는 규모가 크다.

마치 몰리의 질문에 대답하듯이 모니터 안에 있는 헤이디가 말했다.

『뉴랜즈 상회의 대형 수송함 3척을 호위하는 임무다. 단, 목적지가 루스트와르 통일 정부이니 주의하도록. 그리고 귀찮은 일은 벌이지 마라. 이상!』

통신이 끝나자, 메 레아의 승조원들은 눈을 휘둥그레 떴다.

엠마는 무심코 소리치고 말았다.

"외, 외국으로 심부름 가는 거야?"

◇

루스트와르 통일 정부로 향하는 함대.

뉴랜즈 상회의 대형 수송함과 합류했는데, 너무 커서 번필드가의 함정이 작아 보였다.

형태는 단순한데, 수 km에나 달하는 가늘고 긴 원기둥 모양의 수송함이다.

물자를 대량으로 옮기는 것을 우선해서 설계됐는지 크기에 비해 방어용 설비가 적었다.

그 대신 대량의 물자를 운반할 수 있는데, 부족한 전력을 보충하는 것이 번필드가의 600척의 군함들이다.

메레아도 그중 한 척이다.

제7병기공장에서 개수를 받은 메레아는 기동기사 적재 수가 줄어버렸다.

기술시험함으로 개수를 받은 결과, 전투와 상관없는 설비를 실었기 때문이다.

다만 원래부터 기동기사 수가 부족했기 때문에, 쫓겨난 부대는 없었다.

이전보다 함선의 성능이 향상됐으며, 함내 환경도 정비되어 쾌적해졌다.

적재한 기체는 신형으로 분류된 일반 파일럿용으로 디튠된 라쿤이다.

제7병기공장이 개발한 우수한 기동기사이며 성능만 보면 네반보다 낫다는 평가를 받고 있다.

지금의 메레아를 보면 제국의 정규군도 부러워할 것이다.

2년 전에 개수를 받고 메레아는 확실히 다시 태어났다.

이전보다 좁아졌지만, 충분한 넓이를 가진 메레아의 격납고 중앙에는 아탈란테 전용 정비 구획이 마련되어 있다.

전속 정비사가 된 몰리가 전용 암으로 백팩이 고정된 아탈란테를 점검하는 작업을 하고 있었다.

무중력 상태인 격납고에서 떠다니면서 아탈란테의 각 부분을 단말기로 체크하고 있었다.

"개발 테스트가 끝난 지 얼마 안 됐는데 바로 실전 투입이라니, 너무해. 우리도 열심히 했는데 휴가도 없는 건 너무하지 않아?"

장기간에 걸친 임무에 성공했는데 장기 휴가를 받지 못한 것을 몰리가 불평했다.

함께 점검 작업을 하는 엠마는 쓴웃음을 지으면서 몰리를 타일렀다.

"그만큼 기대를 받고 있다는 증거야. 지금의 메레아는 최신예 기동기사가 갖춰진 부대라고!"

격납고 안에 늘어선 라쿤을 보면서 엠마는 가슴을 폈다.

몰리보다 작지만, 한 손에 쏙 들어오는 예쁜 가슴을 가지고 있었다.

라쿤으로 시선을 돌리는 몰리. 기동기사를 좋아하므로 기분이 조금 풀렸다.

"확실히 장비는 이전보다 나아졌지만, 정작 알맹이인 우리는 안 변했잖아?"

"윽?!"

정곡을 찔린 엠마는 가슴을 움켜쥐었다.

현재 메레아는 최신 장비들을 갖추기만 했을 뿐, 알맹이가 그에 걸맞지 않았다.

의욕 없는 승조원, 훈련받지 않는 파일럿.

엠마가 손끝을 맞댔다.

"이, 이전에 비하면 조금은 훈련하고 있잖아."

조심스럽게 변화를 주장했지만, 몰리는 이 일에 관해서는 차가웠다.

"작심삼일로 끝났잖아. 더그 씨와 래리도 금방 이전과 똑같은 생활 스타일로 돌아갔고. 뭐, 난 함내가 깨끗해져서 좋지만. 아쉬운 건 공간이 좁아진 것 정도?"

몰리는 지금까지 격납고에 보물이라 부르는 무장들을 보관하고 있었다.

우주쓰레기로 떠다니는 폐기물이나 마찬가지인 물건들을 정비해서 쓸 수 있게 만드는 것이 그녀의 취미이기도 하기 때문이다.

지금은 격납고의 공간이 좁아져 보물을 보관할 장소가 없다.

이것만큼은 몰리가 아쉬워했다.

"이전보다 좁아졌으니까, 그건 어쩔 수 없지. 더 모을 수가 없어서 아쉬워?"

가끔 승조원들 사이에서 이런 식의 푸념이 나온다.

──이전이 더 지내기 편했다고.

개수를 받아 거주 환경은 이전보다 개선되었고 설비도 깔끔해졌다.

하지만 그걸 호의적으로 생각하지 않는 승조원도 있다.

기동기사도 모헤이브가 더 좋았다고 말하기도 했다.

그 탓에 엠마는 자신이 쓸데없는 짓을 했나 생각이 들 때가 있었다.

몰리는 상심한 엠마에게 이를 보이며 싱긋 웃었다.

"대신 아탈란테랑 라쿤을 만질 수 있으니까 괜찮아! 보물을 만지작거릴 수 없는 건 아쉽지만 어차피 정비하느라 바빠서 시간을 낼 수도 없고."

엠마는 몰리의 태도에 마음이 조금 편해진 느낌이 들었다.

"아하하, 몰리답네."

신형 기동기사에 빠진 몰리를 보고 엠마도 환하게 웃었다.

그런 두 사람에게 한 청년 기사가 날아오듯이 왔다.

상대는 러셀이었다.

기사복을 벗고 파일럿 슈트로 갈아입은 러셀은 험악한 표정을 짓고 있었다.

"즐거워 보이는군, 중위."

"러셀?! ──대, 대위님."

러셀은 가까이에 있던 기둥에 손을 짚어 멈추더니 얼굴을 돌리고 몰리를 가리켰다.

얼굴을 약간 붉히고 있었다.

"대체 이 함은 풍기가 어떻게 돼먹은 거냐?! 속옷 차림으로 격납고 안을 돌아다니지 마라! 애초에 격납고 안에서는 우주복 착용이 규정인 걸 모르나?"

기동기사를 정비하고 있는 격납고에서는 언제 무엇이 날아올지 모른다.

따라서 정비할 때는 작업용이나 파일럿용 우주복을 입는 것이 바람직하다.

엠마도 주의를 받고 떠올렸다.

"아~ 그랬죠."

"그랬죠——라고? 여기 있는 놈들은 누구 하나 우주복을 안 입고 있잖아!"

러셀의 순진한 반응을 보고 엠마는 쓴웃음을 지었다.

"저도 몇 번이나 지적했지만 듣지를 않아서……."

(내가 말해도 안 들어주고.)

메레아는 불량 군인들이 모인 곳이라 기본적인 규칙조차 지키질 않는다.

격납고에 있는데 대부분이 편한 작업복을 입고 활동하고 있으며, 개중에는 작업을 하지 않고 놀고 있는 사람들도 있었다.

메레아의 상황에 러셀은 화가 치밀어 오른 듯했다.

"몰리 일병뿐만이 아니야. 네 소대를 포함해서 다른 놈들도 똑바로 된 훈련을 안 하잖아. 함내 생활을 하면서도 규칙은 안 지키고, 임무 중인데도 술을 마시는 놈들뿐이야."

말하면서 화가 나는지 러셀은 얼굴이 빨개져 갔다.

몰리의 모습을 봤을 때와는 달리 명백하게 화내고 있었다.

엠마도 동의하고 싶었지만, 러셀의 태도 때문에 솔직해지지 못했다.

"이래 봬도 나아진 편이에요!"

"이게 말이냐?!"

엠마의 대답에 놀란 러셀은 한숨을 쉬고 손으로 자기 이마를 눌렀다.

"——시작실험기 개발에 성공했다는 소식을 들었을 때는 조금은 나아졌나 싶었는데, 고작 이 정도인가. 역시 넌 기사에 적합하지 않아."

기사 학교를 졸업하고 배정지로 가기 전에 엠마는 러셀에게 같은 말을 들었다.

메레아에서 재회했을 때도 들었는데, 졸업 후의 일을 떠올리고 엠마는 손을 꽉 쥐었다.

"이젠 기동기사도 탈 수 있고 전장에도 나갔어요! 아무것도 못했던 시절의 제가 아니에요."

왜 러셀은 자신을 인정하지 않는 걸까?

그런 의문이 떠오르는데 러셀이 엠마의 얼굴을 응시했다.

"네 부대를 보면 일목요연해. 기사인데 넌 자기 소대조차 똑바로 관리하지 못하고 있지. 기사는 싸우기만 하는 존재가 아니야."

둘의 말싸움이 계속되자, 격납고에 있던 메레아의 승조원들이 모여들었다.

기사들의 말싸움을 구경하러 온 것이다.

러셀은 경멸의 눈으로 메레아의 승조원을 바라봤다.

그는 엠마에게 충고했다.

"아무리 번필드가 너희를 위해 장비를 갱신해도, 알맹이가 썩어있으면 의미가 없다."

엠마가 러셀의 말을 물고 늘어졌다.

"말씀이 너무 심하십니다!"

하지만 러셀은 메레아의 승조원을 두둔하는 엠마를 차가운 눈으로 바라봤다.

"──너도 모르는 사이에 썩어버린 것 같군. 기개만큼은 인정하고 있었는데. 유감스러워."

메레아의 상황을 보고 러셀은 뭔가를 알아차리고 떠나갔다.

엠마는 그 뒷모습을 보면서 소리쳤다.

"무슨?! 저, 저희는 썩지 않았어요!"

　경항모 메레아의 기동기사 운용 격납고에 3기의 낯선 기동기사가 있었다.

　아탈란테와 같은 네반 타입의 기동기사였다. 근처에는 죄다 라쿤뿐이라서 유독 붕 떠 보였다.

　엠마가 이끄는 제3소대의 일원들은 약간 떨어진 곳에서 그 네반 타입들을 바라보고 있었다.

　새로운 기동기사를 앞에 두고 몰리는 눈을 반짝이며 흥분했다.

　"설마 반입된 게 커스텀 타입 네반인 줄은 몰랐어! 카탈로그 스펙이면 성능이 보통 네반보다 20% 더 좋은 거지? 한 번만이라도 좋으니까 만져보고 싶다~."

　번필드가의 양산기는 평범한 네반 타입이지만, 메레아에 반입된 커스텀 타입들은 추력 강화 개수가 되어 있었다.

　네반의 특징인 날개 같은 부스터에 파츠가 추가되어 끝부분이 뾰족하게 되어 있었다.

　팔 부분의 장갑도 강화되었고 머리 뒷면에는 안테나가 뻗어 있었다.

　통신기 계통도 강화되어 있다는 증거일 것이다.

　머리의 디자인도 커스텀용으로 변경되어 그야말로 특별기라는 인상이 강했다.

　특별기인 커스텀 타입을 앞에 두고 래리 준위가 미간을 찌푸리고 있었다.

기분이 안 좋아진 원인은 특별 취급을 받는 그들 때문일 것이다.

"엘리트 기사들의 전용기인가. 돈을 꽤나 들인 것 같은데, 그럴 거면 우리 일반병에게도 좀 더 예산을 할애하라고 말하고 싶단 말이지. 애초에 작전을 위한 임시 편성이라고 해도, 그걸 우리한 테 배치하는 건 그냥 비아냥이잖아."

커스텀 타입 네반은 기사 중에서도 일부에게만 주어진다.

다만 이번 네반은 단순한 커스텀기가 아니었다.

엠마가 속이 꼬인 래리에게 친절하게 설명했다.

"추가 무장 테스트를 위한 시험기이기도 하니까 기술시험함인 메레아에 배치되는 건 이상한 일이 아니에요. 메레아에는 그걸 위한 설비가 갖춰져 있으니까요."

래리는 엠마를 외면하고 있었다.

기술시험함의 의의는 이해하지만, 순순히 인정하고 싶지 않은 것일 것이다.

그 태도에 엠마는 한숨을 쉬었다.

"래리 씨도 지금은 신형 라쿤을 타고 있잖아요. 커스텀기가 온 정도로 삐지지 마세요."

엠마에게 주의를 받아 래리가 화가 났는지 목소리가 커졌다.

"안 삐졌어! 애초에 우린 지금까지 지독한 취급을 받아왔어. 그 런데 하루아침에 태도를 바꿨다는 것만으로 어떻게 납득하겠어!"

고집을 부리는 래리를 보고 엠마는 소용없다고 생각하고 설득을 포기했다.

(환경이 개선됐는데, 이래선 지금까지와 다를 게 없어.)

부하를 어떻게 대해야 할지 고민하고 있으니, 이번에는 더그가 턱에 손을 대면서 말했다.

"말하지 마, 래리. 그 녀석들은 엘리트님이라 우리와는 달라."

더그의 비꼬는 말에 엠마는 어깨를 축 늘어뜨렸다.

"더그 씨까지 그렇게 말하지 마세요."

"사실이잖아?"

"확실히 러셀 대위님 일행은 엘리트지만."

러셀과 두 부하도 기사 학교를 졸업할 때 상위 100명에 이름을 올린 사람들이다.

상위 100명은 졸업과 동시에 중위로 승진하고 그 후에도 출세 코스를 밟는다.

네반 커스텀을 보내준 것도 그만큼 기대한다는 증거다.

소대 편제인데 대위인 러셀이 소대장이며 다른 두 명은 중위다.

러셀은 물론이고 다른 두 명의 부하도 우수한 파일럿이라고 한다.

제3소대의 일원들이 지켜보고 있으니, 그중 한 명인 여기사가 얼굴을 돌렸다.

롱 스트레이트 금발에 갈색 피부가 특징적이었다.

날씬하고 몸매가 좋았지만, 외모는 경박해 보였다.

이름은 『샤르멜 오단』 중위.

예상대로 가벼운 태도를 보이면서 제3소대를 보고 비웃었다.

"대자앙~, 아까부터 쳐다보고 있다구요오~."

느슨하고 어리광 부리는 듯한 부자연스러운 목소리였다.

러셀을 불렀는데, 그는 마침 또 한 명의 부하인 『욤 발테』 중위와 뭔가 상의하고 있었다.

앞머리로 눈가를 가린 청년은 성격이 어두워 보였다.

러셀보다 체구가 작고 외모가 가냘프기도 해서 도저히 기사로는 보이지 않았다.

하지만 러셀의 소대에 있으니, 그도 우수한 기사인 건 틀림없다.

성적만 보면 엠마보다 확실히 우수할 것이다.

그는 자기들을 바라보고 있는 엠마 일행을 보고 미소를 띠고 있었다.

"저 사람, 대장의 동기였죠? 소문이 자자한 신형을 받은 천재 파일럿인데 조금도 무서운 느낌이 없네요."

샤르멜과 욤도 엠마보다 후배이지만, 엠마를 공경하지 않았다.

러셀은 엠마 일행이 자기들을 보는 걸 알아차리고 노골적으로 싫어하는 표정을 지었다.

"——진짜 지긋지긋하네. 임무 때문이라고는 해도 왜 우리가 이 함선을 타야만 하는 건지."

러셀은 예전부터 좌천지 취급을 받은 메레아에 혐오감을 품고 있는 듯했다.

기분을 숨기려고 하지도 않는 태도에 래리의 눈빛이 험악해졌다.

"하! 아무도 엘리트님들한테 타라고 부탁한 적 없거든. 싫으면 돌아가."

래리의 아이 같은 태도에 러셀은 냉정하게 받아쳤다.

"우린 명령으로 움직인다. 난 아직 개인적인 감정으로 모함을 정할 수 있을 정도로 지위가 높지 않아. 불평은 상층부에 해라. 물론 들어주지는 않겠지만."

차가운 시선을 받은 래리가 입을 다물었고, 이번에는 더그의 차례였다.

"그쪽이야말로 메레아에 타고 싶지 않다고 상층부랑 담판을 짓는 게 어때? 엘리트니까 우리보다 말이 더 잘 통할지도 모르지."

더그의 말에 이번에는 샤르멜과 욤이 서로 얼굴을 마주 보고 고개를 갸웃거렸다.

어이가 없는 걸 넘어서 당황한 모양이다.

러셀은 두통을 느낀 듯한 표정을 짓고 있었다.

"개인적인 감정으로 명령을 거부할 수 있다고 생각하나? 이 부대는 정말 답이 없군."

정론을 듣고 더그까지 입을 다물자, 샤르멜이 어깨를 으쓱이고 말했다.

"나랑 같은 B랭크 기사가 있다는 말을 듣고 기대하고 있었는데 이 녀석들을 보고 있으면 기대하기 어려울 것 같네."

샤르멜이 그렇게 말하자 엠마가 반응했다.

"같은 B랭크?"

샤르멜은 씨익 웃음을 지었는데 엠마에겐 도발적으로 보였다.

"맞아. 난 B랭크라서 너랑 같아. 참고로 대장은 C랭크 그대로지만."

가슴을 펴는 샤르멜을 보고 러셀은 뭐라 형언할 수 없는 표정을 지었다.

자신을 깎아내리는 부하에게 불평 한마디라도 해주고 싶지만, 사실이기 때문에 질책하지 못하고 있는 모양이다.

"소대장은 나다."

"알고 있어요~."

샤르멜은 가볍게 대답했지만, 엠마는 놀라움을 감출 수 없었다.

눈앞에 있는 그녀가 자신과 같은 B랭크인 게 믿기지 않았기 때문이다.

(기사 학교를 막 졸업하자마자 B랭크라니, 보통은 말이 안 되는 일인데.)

엠마가 B랭크로 승격된 건 아탈란테라는 기동기사가 있었기 때문.

큰 사건을 해결한 공적을 인정받았기 때문이다.

엠도 운이 좋았던 결과라고 생각하고 있었다.

그런데 자기보다 연하인 후배 기사가 아주 간단히 B랭크로 승격된 게 너무 신기했다.

놀란 게 얼굴에 드러나 있어서, 이를 알아차린 욤이 엠마에게 가르쳐줬다.

약간 깔보는 태도가 느껴졌다.

"샤르멜── 샤르는 흔히들 말하는 천재라는 녀석이라서요. 세 번 출격해서 기사가 탄 기동기사를 15기나 격파했어요."

"15기?!"

제3소대의 일원들이 그 숫자에 당황했다.

일반병이 탄 기동기사를 격파한 수가 아니라 기사가 탄 기동기사를 15기나 격파했다── 그게 얼마나 어려운 일인지는 제3소대의 일원들도 알고 있었기 때문이다.

래리가 당황했다.

"세 번 출격으로 15기라니, 한 번 나갈 때마다 5기씩 격파한 거잖아."

주위 사람들이 놀라는 모습에 기분이 좋아진 샤르는, 엠마에게 도발적인 시선을 보냈다.

"참고로 선배는 몇 기 격파했어요? 신형에 엄청 강력한 기동기사니까, 이미 세 자릿수는 격파했겠죠?"

자신은 네반 커스텀기로 15기를 격파했다는 자랑.

엠마는 활약에 비해 격파 수가 처참했다. 기사가 탄 기동기사를 상대한 횟수도 적고, 시레나가 탄 골드 라쿤을 상대하긴 했지만, 그때는 놓치고 말았다.

엠마의 기사를 상대로 한 격추 스코어는 0이다.

"어, 없는데."

엠마가 너무 솔직하게 대답하자 어이가 없어진 샤르가 한순간 정색하고—— 바로 배를 잡고 웃기 시작했다.

"격추 수가 없는 건 대단하네요! 혹시 승진이랑 승격은 연줄을 쓴 거야? 좋지, 연줄이 있으면 이래저래 편해서~."

엠마는 비웃음당해서 분했지만, 엠마의 전과가 적은 건 사실이라 반박할 수 없었다.

분하게 여기는 엠마를 보고 몰리는 허둥거렸다.

래리와 더그는 외면해서 도와줄 기미가 안 보였다.

하지만 이때 러셀이 끼어들었다.

"샤르멜 중위, 적당히 해라."

러셀이 사이에 들어오자, 샷이라는 얌전히 물러났다.

"네~."

러셀의 말은 순순히 따르는 모습에서 상관과 부하의 상하 관계가 느껴졌다.

엠마는 러셀이 소대를 통솔하는 모습을 보고 스스로가 한심해졌다.

(동기는 소대를 제대로 통솔하고 있는데 난 뭘 하는 걸까.)

엠마가 혼자 낙담하고 있으니, 이번엔 격납고 안에 경보가 울려 퍼졌다.

엠마 일행이 놀라서 잠깐 움직이는 게 늦는 와중에—— 러셀이 외쳤다.

"샤르멜, 욤!"

러셀 일행은 자신의 기체로 가서 벌써 콕핏에 올라타려 하고 있었다.

그 모습을 보고 엠마도 황급히 부하들에게 명령을 내렸다.

"저희도 출격합니다!"

◇

엠마와 제3소대가 출격 준비를 시작한 무렵.

네반 커스텀을 탄 러셀은 짜증이 나서 얼굴을 찌푸리고 있었다.

모니터가 주위의 광경을 비추고 있는데, 경보가 울렸는데도 승조원들의 움직임이 둔했다.

"이 녀석들 제정신인가? 출격에 언제까지 시간을 들일 생각이야?!"

출격은 기사 혼자서 할 수 있는 게 아니다. 주위의 도움을 받아야만 가능하다.

하지만 눈앞에 펼쳐진 광경은 너무나도 심각했다.

『출격? 명령이 있었나?』

『다른 놈들이 어떻게든 하겠지.』

『어느 부대부터 출격시키지?』

격납고에서 천하태평인 정비병들을 보고 짜증이 난 건 부하인 욤도 마찬가지였다.

모니터 일부에 욤의 얼굴이 나타났다.

『소문으로 들은 것보다 더 심하네요. 좌천지 취급인 게 납득이 가요.』

침착한 것 같지만, 말투는 평소보다 차가웠다.

평소엔 출격을 귀찮아하는 샤르까지 지금은 화를 냈다.

『이 녀석들, 위기감이 너무 없잖아.』

샤르와 욤은 기사 학교에서 우수한 성적을 거뒀다.

그런 둘이 보기에, 최소한의 일조차 못하는 메레아의 상황은 짜증스러울 터였다.

하지만 둘의 짜증도 러셀에 미치지는 못했다.

"옛 군대의 떨거지들이!"

러셀이 아군을 매도하는 말을 내뱉자, 모니터에 비친 부하들이 당황한 표정을 지었다.

욤이 샤르에게 말을 걸었다.

『대장도 참, 오늘은 특히 심기가 불편하네.』

『별일이네.』

제3소대가 메레아에서 출격했을 때는 이미 전투가 시작되어 있었다.

아탈란테로 출격한 엠마는 콕핏 안에서 이를 한 번 꽉 깨물었다.

"여긴 제3소대. 메레아, 지시 바란다!"

누군가에게 습격당한 건 명백하지만, 모함에서 자세한 내용이 전달되지 않았다.

메레아의 오퍼레이터에게 현재 상황을 확인했는데 답변은 끔찍했다.

『수는—— 함정이 200? 아니, 300인가? 어차피 우주 해적이겠지. 사령관님, 어떻게 합니까?』

오퍼레이터가 팀 대령에게 지시를 요청하자 돌아온 대답은 귀를 의심케 하는 말이었다.

『아군이 우세하다면 우리가 무리할 필요 없겠지.』

『——그렇대. 적당히 아군 지원이라도 하고 있어.』

그 말을 듣고 엠마는 참지 못하고 언성을 높였다.

"아군이 싸우고 있다고요!"

그러자 브릿지에 있는 팀 대령이 차가운 목소리로 엠마에게 충고했다.

『좋아하는 장난감을 실전에서 써보고 싶은 건 이해한다만, 무모한 짓으로 소대원을 잃는 건 곤란해. ——아군 지원에 집중해라.』

메레아의 브릿지가 그 이상은 아무 말도 하지 않자, 엠마는 분한 마음에 미간을 찌푸렸다.

"이러면 예전과 조금도 다를 게 없잖아!"

——아무리 장비를 갱신해도 알맹이가 썩어있으면 의미가 없다.

러셀이 한 말이 엠마의 마음에 박혔다.

그때였다.

근처 전장에서 활약하는 소대가 있었다.

"러셀의 소대?"

세 기의 네반 커스텀이 상대하고 있는 건 모헤이브 처럼 특징이 별로 없는 기동기사였다.

지금까지 상대했던 우주 해적과 달리, 적은 연계하며 싸우고 있었다.

그런 적을 상대로도 러셀 일행은 활약하고 있었다.

◇

네반 커스텀에 탄 샤르는 헬멧 아래로 입맛을 다시고 있었다.

상대하고 있는 우주 해적의 기동기사는 명백히 일반인이 아니다.

"흐음, 제법인데."

적기를 쫓아다니고 있으니, 러셀이 주의를 줬다.

『조심해라, 상대는 강화 병사다.』

강화 병사라는 말을 들은 샤르는 머릿속에서 단어를 검색하듯이 떠올렸다.

알그란드 제국에서는 생소한 단어지만 지식으로는 알고 있었다.

교육 캡슐로 인스톨한 지식에 들어있었다.

"강화 병사? ──아아, 루스트와르의 기사인가요."

상대는 루스트와르 통일 정부의 기사── 강화 병사라 불리고 있었다.

샤르에겐 아무래도 좋은 이야기지만, 한 가지 신경 쓰이는 것이 있었다.

"그러니까 기사 수준이라는 거죠?"

『그렇다.』

러셀의 언질을 받은 샤르는 자신에게서 도망치는 적기와 주변 부대를 보고 호전적인 웃음을 보였다.

"그럼 내 스코어로 만들어 줄게!"

아핫, 하는 소리를 내며 웃음을 짓는 것과 동시에 조종간을 재빠르게 움직였다.

풋 페달을 세게 밟아 가속하더니 샤르의 기체는 충격을 교묘하게 피해 적기에게 접근했다.

그대로 고출력 레이저 블레이드로 적기의 콕핏을 찔렀다.

"우선 하나!"

강화 병사가 탄 기동기사들이 샤르를 위협으로 판단하고 다가왔다.

제국의 기사보다 더 연계를 중시하는 전술. 우주 해적이라기보다는 군대 같은 움직임이었다.

하지만 샤르는 적기의 움직임에 곧장 반응했다.

빈틈이 많은 적기를 확인하고 덮쳐서 콕핏에 레이저 블레이드 찌르기.

"둘!"

격파한 적기를 걷어차고 세 번째 기체로 시선을 돌렸다.

두 번째 기체를 격파한 사이에 남은 적기는 샤르의 기체를 둘러싸듯이 움직이고 있었다.

『부주의하다, 샤르멜!』

『또 우리가 샤르를 보조해야 해?』

——러셀과 욤이 샤르 지원에 들어갔다.

전장에서 날뛰는 샤르에게 불평은 하지만, 그래도 지원은 거르지 않았다.

그러는 사이에 세 기째를 격파한 샤르는 잇따라 네 기째, 다섯 기째를 격파했다.

"이걸로 다섯!! 해냈다아아아! 이걸로 특별 수당 획득~."

기뻐하는 샤르는 다섯 기째 격파를 확인하자 움직임을 바꿨다.

지금까지 단독행동을 하고 있었지만, 러셀이 탄 기체의 후방으로 이동하더니 아까와는 전혀 다르게 지원에 전념하는 자세를 보였다.

재빠른 태세전환에 욤이 감탄했다.

『전과를 내는 건 좋다만, 특별 수당을 달성하면 얌전해지는 건 어떻게 생각해야 할까?』

욤의 잔소리에 샤르는 아랑곳하지 않았다.

"이 이상 열심히 해도 무의미하잖아. 격추 수는 효율적으로 늘려야지."

러셀이 잡담을 하는 두 사람을 나무랐다.

『사담은 그만. 고전하는 아군을 구조하러 간다. 호위 대상에서는 눈을 떼지 마라.』

샤르는 고지식한 러셀을 귀찮게 여기면서도 지시는 따랐다.

"알겠어요. 지금부터는 대장의 지시를 따릅니다~."

욤이 작게 한숨을 쉬었다.

『좀 더 의욕을 낼 생각은 없어? 그러면 내가 편해질 수 있는데.』

"생각해 볼게."

『매번 그렇게 대답하고 달라지는 게 없잖아?』

소대는 그대로 고전하고 있는 아군을 구원하러 갔다.

러셀 소대의 활약을 본 엠마는 아연실색했다.

특별 수당이 목적인 점은 황당하지만, 실력이 우수한 건 확실했다.

"——셋 다 강해."

러셀이 엠마에게 고압적인 태도를 보이던 이유를 알 것 같았다.

"그에 비해서 난—— 내 소대는——."

후방으로 살짝 시선을 돌려서 보니 아탈란테를 쫓아오는 라쿤이 두 기.

그 기동에서는 의욕이 느껴지지 않았다.

래리와 더그의 대화가 들려왔다.

『저 녀석들, 명령은 무시하는 건가요? 사령관님이 무모한 짓 하지 말라고 했는데.』

『저 소대는 별도야. 독자적인 권한으로 움직일 수 있대. ──나 참, 기사님은 어디에서든 특별 취급이군.』

러셀 소대의 활약을 봐도 감탄은커녕 비아냥이 나올 뿐이었다.

엠마는 분함과 비참함, 다양한 감정에 휩싸이면서도 마음을 다 잡고 명령을 내렸다.

"저희도 서두릅니다. 속도 올려요!"

그러자 래리와 더그에게서는 의욕 없는 대답이 돌아왔다.

『동기한테 자극받아서 의욕이 생겼나?』

『그러지 말라고, 래리. 그럼 서둘러볼까.』

툴툴거리면서도 명령을 거스르지는 않지만── 엠마는 자신의 소대는 이대로 괜찮은가? 하고 고민했다.

번필드가의 함대를 이끄는 기함에서 우주 해적의 습격에 관한 대화가 오가고 있었다.

전함 안에 마련된 응접실의 모니터에는 도시의 야경이 비치고 있었다.

함내는 밤이라 조명이 어두웠다.

어둑한 조명 속에서 두 여자가 마주 보았다.

한 명은 빨간 머리카락에 갈색 피부를 가진 『파트리스 뉴랜즈』다.

글래머러스한 몸을 위에 가슴팍이 트인 정장을 입은, 색기가 감도는 젊은 여자.

뉴랜즈 상회의 간부이자, 이번 호위 대상인 대형 수송함의 소유자였다.

파트리스가 모니터 앞에 서서 도시의 야경을 바라보고 있는 여기사에게 말을 걸었다.

"통일 정부가 지배하는 공역에서 갑자기 습격받을 줄은 몰랐어요. 앞날이 걱정이군요. 이 대형 수송함 세 척은 제가 정말 아끼는 배입니다. 반드시 지켜주세요."

파트리스가 보유한 수송선 중에서 초대형은 세 척뿐이다.

단순히 크기만 한 것이 아니다. 내부에는 다양한 마법 기술이 적용되어 있다.

공간 마법을 사용해서 실제 면적보다 많은 물자를 수용할 수 있다.

한 척을 잃으면 큰 손실이다.

두 척을 잃으면 치명적이다. 파트리스의 간부 지위가 흔들리고 재기는 절망적일 정도로.

파트리스는 불안한지 표정이 영 좋질 않았다.

그러자 야경을 바라보던 보랏빛 눈동자가 그녀에게로 향했다. 그에 따라 찰랑찰랑한 보랏빛 머리카락도 흔들렸다.

탄탄한 몸에 적당히 살이 붙은 몸매.

얼핏 연약해 보일 수도 있지만, 기사란 외모로 판단할 수 없다. 뼈와 근육의 밀도가 보통 사람과는 다르기 때문이다. 덕분에 날씬한 몸에서 상상도 할 수 없는 힘이 나온다.

크리스티아나에 필적하는 실력자이며, 번필드가를 지탱하는 기사. 일류를 넘어 인간을 초월한 영역에 발을 들인 『마리 마리안』.

파트리스를 보는 눈동자가 어두운 방에서 약간 빛나는 것처럼 보였다.

"잘 물리쳤잖아? 걱정하지 않아도 이 마리 마리안이 소중한 수송선을 지켜내 드리겠사와요."

가슴에 손을 대고 미소 짓는 마리를 보고 파트리스는 울적한 표정을 지었다.

"여러분의 실력은 잘 알지만, 통일 정부는 제국과 사정이 다릅니다. 평범한 우주 해적이 아니에요. 실제로 호위 함대도 다소 고

전하지 않았나요?"

국가가 다르면 해적들도 다르다.

국경을 무시하고 움직이는 해적들도 있지만, 대부분은 활동 영역이 있다.

이번에 물리친 우주 해적들은 통일 정부의 지배하에서 움직이던 조직이다.

그들이 통일 정부의 지배하에서 활동하는 이상, 제국의 우주 해적들과는 결이 다를 수밖에 없다.

실제로, 방금 만난 우주 해적은 제국의 우주 해적과는 전투 방식이 달랐고, 그 탓에 호위 함대는 고전했다.

그러나 마리는 한 번 웃더니, 이내 곧 사나운 맹수의 표정이 되었다.

"다소의 차이가 있을지언정 놈들의 본질은 같아. 사냥하는 데는 아무 문제없어. 더구나 방금 한 번 겪었으니, 이제 다들 알아서 잘할 겁니다."

마리는 크리스티아나와 함께 거론되지만, 파트리스가 보기에 둘의 본질은 다르다.

이상적인 기사에 가까운 크리스티아나와 달리, 마리는 거친 전사의 이미지.

아무리 말을 꾸며도, 스며 나오는 폭력성은 다 감춰지지 않았다.

파트리스는 마리의 기세에 눌려 식은땀을 흘렸지만, 호위가 강한 건 좋은 일이기에 웃음으로 대답했다.

"그렇다면 다행이고요. 제 기대를 배신하지 마세요."

강자들과 여러 번 거래를 성사했던 '상인의 오기'가 마리 앞에서 당당하게 행동하게 했다.

마리가 고개를 끄덕였다.

"물론이지. 그분을 위해서라도 반드시 성공시켜 보이겠어요."

◇

파트리스와의 회의가 끝난 마리는 방에서 나와 통로를 걷고 있었다.

함내 시간이 밤이기 때문에 통로는 어둑어둑했다.

마리의 대각선 뒤로, 부스스한 머리에 수염을 아무렇게나 기른 헤이디가 따랐다.

부관으로서 파트리스와의 대화를 모두 들었지만, 끝끝내 한 마디도 끼어들지 않았다.

"클라이언트 접대도 쉽지 않네, 마리."

헤이디는 부관인데도 상관의 이름을 편하게 불렀다.

규율도 예의도 없지만, 마리는 그걸 나무라지 않았다.

오히려 그게 더 편했다.

"그분의 명령이 아니었으면 다른 녀석한테 떠넘겼을 거야. 그러니 헤이디, 다음부터는 네가 상대해."

헤이디가 머리를 긁적였다.

"농담이지? 난 너와는 달리 고상하게 행동할 수 없어."

"하, 계속 지껄여 봐."

마리는 원래 말투를 꺼내면서 한 번 웃고는, 전사처럼 눈빛이 날카로워졌다.

"그래서, 아군의 상태는?"

애매한 질문이지만 헤이디는 작게 한숨을 쉬고 대답했다.

헤이디는 입도 험하고 태도도 안 좋지만, 일은 대충 하지 않는다.

그런 남자이기에 마리는 헤이디의 무례를 용서했다.

실력도 없이 태도만 안 좋았다면 애초에 부관으로 뽑지도 않았을 것이다.

헤이디의 말투는 농담조에서 점차 진지하게 바뀌었다.

"장비도 실력도 문제없어. 몇몇을 제외하면 사기도 높지. 역시 번필드가의 함대라고나 할까? 다만 전체적으로 경험이 부족해."

"규모를 키우면서 실전 경험이 부족한 녀석들이 많이 흘러들어온 모양이네. 파트리스가 걱정하는 것도 당연한 일이었어."

지켜내겠다고 약속은 했지만, 이끄는 함대에 문제가 있다.

마리 일행이 말하는 경험은, 전장에 나가본 적이 있느냐 마느냐 하는 수준이 아니다.

헤이디가 어깨를 으쓱였다.

"이놈이고 저놈이고 겨우 몇 번의 실전 경험을 자랑하는 병아리들이야. 적어도 세 자릿수—— 아니, 열 번이라도 전장에서 살아남은 놈들이라면 이런 걱정을 하지 않았을 텐데."

전장을 경험한 횟수가 겨우 턱없이 부족하다.

헤이디는 특히 문제 있는 부대를 거론했다.

"그중에서도 단연 최고의 문제아는 마리가 지명해서 뽑은 녀석들이야. 설마 했는데, 뒤에서 떨고 있더군."

전장에서 후방으로 물러나 싸움을 회피했다는 말을 듣고 마리의 표정이 확 변했다.

눈을 크게 뜨고 있었다.

"뭐라고?"

헤이디의 말에 마리가 분노했지만, 태도는 변하지 않았다.

오히려 마리를 더더욱 화나게 하는 이야기를 했다.

"그분이 주선해서 개발한 기체도 활약하지 않았어. 격추 수가 제로라고. 제로! 뭐, 경항모가 후방에 물러나 있던 탓에 출격이 늦어진 게 컸던 것 같지만."

헤이디는 계속해서 러셀 소대에 관해서도 이야기했다.

"비슷한 이유로 네가 메레아에 떠넘긴 엘리트들도 발목을 잡힌 모양이야. 기대만큼의 활약은 없었어. ——어떡할래? 마리."

마리는 위화감이 느껴지는 아가씨 말투를 쓰는데, 이쯤 되니 본모습이 나왔다.

말투를 꾸미는 분위기를 전혀 보이지 않았다.

머리에 피가 거꾸로 솟았다는 증거다.

"——여기로 불러내. 내가 직접 다시 단련시켜 주마."

앞에서 걷는 마리를 보고 어깨를 으쓱인 헤이디가 말했다.

"촉망받는 젊은이들을 부수지 말라고."

마리는 주의를 받았지만, 대답은 차가웠다.

"이 정도로 부서지면 기대할 가치도 없어."

◇

"정말 이대로 괜찮을까."

우주 해적들과의 전투가 끝나 귀환한 엠마는 자기 방의 침대에 누워있었다.

사관용 개인실에는 프라모델과 제작과 관련된 도구가 놓여있어서 발 디딜 틈도 없었다.

벽에는 액체가 채워진 특수 케이스가 있고, 그 안에는 완성한 프라모델이 들어있다.

가장 눈에 띄는 곳에 장식된 건 어비드와 네반의 프라모델을 개조해서 제작한 아탈란테였다.

입체인쇄기로 제작한 파츠를 조합해 만든 야심작이다.

취미인 프라모델로 둘러싸인 방에서 엠마는 무릎을 끌어안는 듯한 자세로 누웠다.

"같은 상황이라도 활약한 건 러셀 소대였어. 나한테는 아탈란테가 있어도 지금의 메레아에선 활약할 기회가 없어."

팀 대령의 명령으로 지원했다.

엠마에겐 아무 잘못 없다.

하지만 메레아의 상황을 개선할 생각인 엠마에겐 큰 문제다.

최신예 설비와 병기를 받았는데, 활약하기는커녕 후방에 있는 건 군에서는 배반 행위나 마찬가지다.

바로 문제시되어 메레아도 라쿤도 빼앗기고 말 것이다.

아탈란테도 마찬가지다.

엠마만큼은 전속 파일럿으로 뽑힐 가능성이 높다.

하지만 승조원들은? 제3소대 멤버들은?

전 변경 치안 유지 부대, 이제 막 기술시험대가 되었는데, 그마저도 해산당할 것이다.

그렇게 되면 군에 그들이 있을 자리는 없다.

군이 유일한 생활 장소였던 그들이 쫓겨나면, 과연 미래가 있을까?

엠마가 혼자 불안해하던 차에, 단말기로 명령이 왔다.

베개를 끌어안고 있던 엠마가 황급히 상반신을 일으켜 명령을 확인했다.

『엠마 로드먼 중위는 호위 함대의 기함으로 출두하라. 기함에서 마중할 소형정을 보내니 러셀 소대와 함께 올 것. 그리고 로드먼 중위는 단독으로 오도록.』

러셀 일행과 함께 기함으로 출두하라는 명령이 내려졌다.

이에 엠마는 파랗게 질렸다.

"임무 중에 호출……! 설마, 부대가 해산되는 거야?!"

침대에서 나와 황급히 옷을 갈아입는 엠마는 기함에서 무슨 말을 들을지 생각하자 속이 쓰려왔다.

◇

(히에에에엑!! 엄청난 일이 벌어졌어어어어!!)

소리치고 싶은 기분을 참고 있는 엠마는 소형 우주정을 타고 기함에 와있었다.

소집된 사람은 자신과 러셀 소대 세 명이었다.

전투를 소극적으로 해서 질책당할 것이라 각오하고 있었는데, 아무래도 낌새가 이상했다.

엠마 일행을 기다리던 사람은 호위 함대의 사령관인 마리였다.

그녀는 의자의 등받이를 끌어안은 자세로 앉아서 불만스럽게 엠마 일행을 바라보았다.

"눈속임을 위해서 전장에서 시간을 보내다가, 이후에는 소극적으로 전투—— 날 납득시킬 변명을 가져왔겠지?"

우주 해적과 전투할 때 소극적이었던 걸 지적당했다.

당연한 지적이지만, 그 지적을 누가 하느냐에 따라 일의 경중이 전혀 다르다.

마리 마리안—— 번필드가 사설군의 계급은 중장.

제국 정규군에서도 준장 계급을 보유하고 있었다.

그리고 기사 랭크는 최고 랭크인 『AAA』.

엠마의 교관을 맡은 클로디아보다 더 높은 최상위 기사다.

눈앞에 있는 사람은 번필드가를 대표하는 기사 중 한 명이다.

메레아를 위해 일부러 찾아올 이유도 없는 거물이 등장했다.

상대는 불만스러운 표정을 짓고 있을 뿐이건만, 실적과 박력 탓인지 엠마는 위압을 당하는 느낌이었다.

러셀 일행도 마찬가지일 것이다.

샤르조차 불손한 태도를 보이지 않았다.

엠마가 대답하지 못하고 있으니, 러셀이 한 걸음 앞으로 나왔다.

"모함이 소극적인 움직임을 보였습니다만, 저희는 분전했다고 자부하고 있습니다!"

그 의견에 마리는 작게 한숨을 쉬었다.

"그렇네. 그 상황에서는 그럭저럭 괜찮게 싸웠어. 너희가 일반적인 기사였다면 손뼉을 치며 기뻐했을 테고, 더 활약할 수 있는 곳으로 추천했겠지. ──하지만 너희는 일반적인 기사가 아니잖아?"

마리가 노려보자, 공기가 무겁게 느껴졌다.

"?!"

러셀도 식은땀을 흘리며 아무런 대꾸도 못 했다.

마리는 자리에서 일어나더니 엠마 일행에게 다가왔다.

"다른 기사들보다 더 좋은 대우를 받는 너희가 진심으로 평범한 전과를 올리고 열심히 했다고 변명하면 통할 것 같아? ──그런 웃기지도 않는 소릴 하면, 이 자리에서 쳐 죽일 거예요."

마리는 위화감이 느껴지는 아가씨 말투를 썼지만, 웃는 사람은 단 한 명도 없었다.

웃으면 죽는다── 그런 직감이 있었다.

무엇보다 마리의 말이 옳다.

군에서 특별한 대우를 받는 건 그만큼 가치가 있다고 인정받고 있기 때문이다.

그 가치를 보여주지 않으면 당연히 문제가 된다.

마리가 대꾸하지 못하고 조용히 있는 엠마에게 시선을 돌렸다.

"아탈란테의 파일럿."

"아, 네?!"

마리는 허리를 곧게 펴는 엠마에게 다가가더니 얼굴을 가까이 댔다.

엠마는 크리스티아나와는 다른, 야성미 넘치는 미녀를 잠시 넋을 잃고 보고 말았다.

하지만 마리의 날카로운 눈빛에 바로 현실로 다시 끌려왔다.

"왜 전투를 피하려 했지?"

마리가 보라색 눈동자로 바라보는데 엠마는 눈을 돌릴 수 없었다.

눈을 돌리면 안 된다고 직감이 말해주고 있었다.

하지만 좋은 대답이 생각나지 않아 솔직하게 이야기했다.

"며, 명령을 따랐습니다."

팀 대령의 명령을 따랐으니 어쩔 수 없었다고.

"어머나, 그럼 어쩔 수 없네요── 라고 말할 줄 알았냐!"

웃는 얼굴로 어쩔 수 없다고 말하나 싶었는데, 직후에 귀신같은 얼굴을 한 마리가 엠마를 부정했다.

엠마가 머리카락이 곤두설 정도로 놀라고 있으니, 마리가 진지한 표정으로 질문했다.

"기사란 무엇인지 대답하세요."

"네?"

갑자기 질문을 받은 엠마는 말뜻이 이해되지 않았다.

마리는 물었다.

"대답하세요. 기사란 존재는 뭐죠?"

엠마는 생각하면서 대답을 짜냈다.

"어, 그러니까, 기사는 어릴 때부터 교육과 강화를 받은 존재입니다."

하지만 마리는 엠마의 대답이 마음에 들지 않는 듯했다.

"내가 원하는 대답이 아니네."

불합리한 말을 듣고 난처해진 엠마는 이대로 가면 메레아가 해산당한다는 안 좋은 예감이 들었다.

(이젠 될 대로 되어라!)

각오를 다지고 엠마는 본심을 털어놓았다.

"정의의 사도입니다! 기사는── 약한 사람들을 지키는 존재니까요!"

그 대답을 듣고 있던 러셀이 아연실색해서는 고개를 저었다.

"이렇게까지 바보였다니……."

다른 사람이 들으면 유치하다거나 물러 터졌다고 할 만한 이상이었다.

하지만 마리는 달랐다.

양손을 허리에 대고 유쾌하게 웃고 있었다.

"좋아. 좋다고, 아탈란테의 파일럿! 누구에게도 굽히지 않는 고집이야말로 기사의 본질이라고요!"

"——네?"

정의의 사도를 자칭해도 혼나기는커녕 오히려 재미있어했다.

엠마가 당황하고 있으니, 마리가 엉터리 아가씨 말투로 말했다.

"통일 정부에서는 기사를 강화 병사라 부르고 있죠. 하지만 강화 병사는 제국의 기사와는 전혀 다른 취급을 받고 있어요."

강화 병사는 기사 같은 특권이나 대우를 받지 못한다.

제국보다 더 효율적으로 기사—— 강화 병사를 도구로 운용하기 때문이다.

마리는 네 사람을 앞에 두고 표정을 고쳐 진지한 표정을 지었다.

"강화 병사처럼 도구가 되고 싶으면 명령에만 따르면 돼. 하지만 특별한 기사가 되고 싶다면 자신의 주장을 실현할 힘을 기르도록 하세요."

네 사람이 그 말을 어떻게 받아들일지 생각하고 있으니, 마리가 활짝 웃음을 지었다.

"그런 고로 앞으로 전원, 제 트레이닝에 동참하세요."

"커흑?!"

기함에 호출당한 엠마 일행은 어째서인지 트레이닝 룸에 끌려와 있었다.

함내에 마련된 기사 전용 트레이닝 룸 중앙에는 링이 설치되어 있었다.

평소에는 기사끼리 시합 등을 하며 더욱 실전적으로 단련하고 있을 것이다.

그 외의 트레이닝용 설비도 기사용이었다. 사령관이 기사라서 그런지 기사용 설비가 잘 갖춰져 있었다.

트레이닝 룸의 링으로 끌려온 엠마 일행은 지금── 마리와 싸우고 있었다.

4대1 대결이었는데, 시작하자마자 마리가 압도적인 힘을 과시했다.

"왜 그러죠? 이 정도밖에 안 된다고 하진 않겠지, 엘리트 군?"

마리는 러셀의 거꾸로 세운 머리카락을 붙잡고 그대로 링의 바닥에 내팽개쳤다.

욤은 이미 기절해서 바닥에 쓰러져 있다.

주위변에서 기함의 기사들이 야유를 날렸다.

"해치워, 마리!"

"어이어이, 좀 더 힘내라고, 신인들."

"젠장! 대박을 노리고 네 명한테 거는 게 아니었어!"

하지만 엠마는 야유를 신경 쓸 여유가 없었다.

(우리는 넷이 무기를 들고 덤비는데!)

엠마 일행은 쇼크 소드라고 하는 무기를 사용하고 있다.

훈련용 장비로, 상대를 마비시킬 뿐, 치명적이지 않다.

반면에 마리는 혼자서 맨손으로 싸우고 있었다.

러셀을 내던진 마리는 상황을 살피고 있는 엠마 일행에게 손가락을 까딱였다.

──덤비라는 도발이다.

"얕보지 마!"

그 도발에 60cm 정도의 단검 두 자루를 든 샤르가 덤벼들었다.

엠마는 샤르의 움직임을 보고 놀랐다.

(백병전도 강하다니!)

천재라고 불리는 만큼 샤르는 마리를 링 구석으로 몰아갔다.

단검 두 자루를 능숙하게 휘둘러 공격 횟수로 밀어붙이려 하는 듯했다.

이도류로 가하는 연격에 조잡함은 없었고, 엠마가 봐도 물 흐르는 듯한 움직임이었다.

(진짜 천재구나.)

샤르의 움직임에서 엠마는 자신과의 실력 차를 느꼈다.

하지만 마리는 이조차 간파하는지 모조리 피하고 있었다.

"아까 둘보다는 재밌게 놀 수 있네."

"제기랄!"

"말씨가 더러워요."

구석에 몰렸을 던 마리가 샤르의 맹공에서 빠져나왔다.

아니, 오히려 샤르가 놀아나고 있다.

엠마는 마리가 빈틈을 노리는 걸 알아차렸다.

"안 돼, 무턱대고 접근하면!"

이미 늦었다.

마리는 부주의하게 뛰어든 샤르의 머리를 움켜쥐더니 그대로 내던졌다.

샤르는 낙법을 써서 일어나더니 입가를 닦았다.

"이렇게까지 차이가 나다니."

믿을 수 없다는 표정을 짓는 샤르.

반면에 마리는 노골적으로 실망한 기색을 보였다.

"소문이 자자한 천재가 고작 이 정도야?"

도발에 샤르의 목소리가 격앙됐다.

"뭐? 내 특기는 기동기사거든. 그거라면 내가 이겨."

"허세 부리기는. 기동기사로 승부를 겨뤄도 넌 나한테 못 이겨."

샤르가 미간을 찌푸리자, 마리가 그 이유를 가르쳐줬다.

"약아빠져서 향상심이 없어. 전장에 나서면 매번 다섯 기를 격추하고 그 후에는 적당히 돌아다닐 뿐이잖아? 좀 더 높은 곳을 목표로 삼아보셔요."

마리의 말에 샤르는 코웃음 쳤다.

지금까지 그런 말을 몇 번이나 들어왔을 것이다.

샤르는 자신의 방식을 바꿀 생각이 없는 듯했다.

"아무리 열심히 해도 그 이상은 수당이 안 나오잖아? 열심히 할 이유가 없어."

번필드가에서는 한 번의 전투에서 기사가 탄 기동기사를 다섯 기 격추하면 특별 수당이 지급된다.

샤르멜은 특별 수당을 노리고 격추하고 있으며 여섯 기째를 노리지 않는 건 의미가 없기 때문이다.

마리는 킥킥대며 웃고 있었다.

"20기 이상을 격파해 보세요. 훈장과 함께 수당보다 더 많은 금일봉을 받을 수 있다고."

"한 전장에서 20기 이상은 무리잖아……."

한 번의 전투에서 20기 이상을 격파하면 번필드가에서는 훈장이 수여된다.

기사들이라도 받기 어려운 훈장이지만, 돈이 목적이라면 이걸 목표로 삼는 게 좋다.

하지만 샤르는 현실적이지 않다고 생각하는 모양이었다.

마리가 차가운 눈으로 봤다.

"그래서 약아빠진 상태로 멈췄다고 하는 거야. 너 같은 '천재'가 남아돌 정도로 있음에도, 대성할 확률이 낮은 이유이기도 하지."

천재라 불리며 떠받들리는 사람도 많지만, 대부분이 도중에 좌절한다.

"그렇다면 널 쓰러뜨려서 증명——."

말을 마치기도 전에 마리는 샤르를 향해 주먹을 날렸다.

샤르는 공격을 인지하지도 못한 채 그대로 의식을 잃어버렸다.

마리가 작게 한숨을 쉬었다.

"준비 운동도 안 되네."

실제로 땀 한 방울 흘리지 않았다.

엘리트들이 전혀 상대가 안 된다는 사실에 엠마는 약간 충격을 받았다.

남은 엠마는 쇼크 소드를 쥐었지만 두려움으로 인해 자세가 엉거주춤해져 있었다.

마음속으로 자기는 이길 수 없다고 생각하고 있었다.

"웃!"

혼자가 된 엠마는 마리를 상대로 어떻게 싸울지 생각했다.

하지만 암만해도 이기는 이미지가 떠오르지 않았다.

양손을 허리에 댄 마리가 엠마를 관찰하듯이 바라보았다.

(어차피 가만히 있어도 달라지는 건 없어!)

엠마는 발을 내디뎌 단숨에 거리를 좁힌 후, 쇼크 소드로 대각선 아래에서 대각선 위로 베어 올렸다.

일반인은 피할 수 없겠지만, 마리는 미소 지으면서 한 걸음 뒤로 물러나 피했다.

"얇네."

"?!"

(피했어?! 게다가 이렇게 아슬하게?!)

종이 한 장 차이로 능숙하게 피하는 마리의 모습이 믿기지 않았다.

하지만 감탄할 틈도 없이 엠마의 배에 마리의 주먹이 박혔다.

"커헉!!"

내장이 튀어나오는 게 아닌가 하는 착각이 들 만큼 강력한 일격. 폐에서 공기가 멋대로 튀어나왔다.

엠마는 허공을 날아 바닥을 굴렀다.

(봤는데도 반응하지 못했어.)

바닥에 쓰러진 엠마에게 구경꾼들의 목소리가 들려왔다.

"벌써 끝이야?"

"뭐, 병아리들은 이 정도겠지."

"장래성이 있는 건 이도류를 쓴 녀석뿐이네."

구경꾼들은 시합이 끝난 듯한 분위기를 냈지만, 엠마는 복통을 견디면서 어떻게든 일어섰다.

"아, 아직이야."

후들거리는 다리로 일어서는 엠마.

마리도 의외였는지, 엠마를 보고 미소 지었다.

"근성이 좋네. 나쁘지 않아."

직후, 마리가 엠마에게 빠르게 다가왔다.

"어?"

엠마가 알아차렸을 때는 시야에 천장이 펼쳐져 있었다.

그대로 의식을 잃었기 때문에 마리가 무엇을 했는지는 알 수 없었다.

◇

링 밖에서 지켜보던 헤이디가 마리에게 다가왔다.

"이야~, 엘리트들이 순식간에 나가떨어졌네. 그렇게 젊은이의 자존심을 꺾으면 재밌나? 심술궂은 상관이 따로 없잖아, 마리."

그는 마리의 방식이 별로 마음에 들지 않는 모양이었다.

헤이디는 샤르에게 시선을 옮겼다.

"가망이 있는 애는 얘 하나뿐이네. 나머지는 그냥 정석적인 기사의 움직임이야. 가르친 놈들의 영향이겠지."

주위의 구경꾼들은 이미 흩어져서 각자 트레이닝 중이었다.

젊은이들을 향한 흥미는 진작에 사라진 듯했다.

하지만 마리는 여전히 자리를 지키며 정신을 잃은 엠마를 내려다보고 있었다.

"──헤이디, 이 아이만 남기고, 나머지는 치료해서 모함에 돌려보내."

마리의 명령을 듣고 헤이디가 살짝 놀랐다.

마리가 남기라고 지시를 내린 건 샤르가 아니었기 때문이다.

"얘가 아니라?"

마리가 고른 건 엠마였다.

"걔는 됐어."

헤이디가 작게 한숨을 쉬고는 엠마를 보면서 머리를 긁적였다.

"평범한 애들이 취향이신가? 마리의 선택을 받다니, 가여워서 어쩌나 이거."

그러자 마리가 의미심장한 웃음을 지었다.

"안 그래도 요즘 운동 부족이었는데, 알아서 운동할 일을 만들어 주네. 헤이디, 링으로 올라와."

"어, 내가 왜?!"

◇

러셀 일행은 무사히 메레아에 귀환했지만, 그중에 엠마의 모습은 없었다.

격납고에서는 러셀 일행이 마리에 관해 이야기했다.

"그 여자, 날 바보 취급했어."

돌아온 이후로 샤르는 심기가 불편했다.

마리에게 철저하게 두들겨 맞고 약아빠졌다는 말을 들은 게 퍽 불쾌했던 모양이다.

그것은 곧 마리의 말이 정곡을 찔렀다는 증거이기도 했다.

욤은 상대가 안 좋았다며 샤르를 위로했다.

"AAA랭크는 이름값을 한다는 거겠지. 우리는 상대도 안 돼. 대장도 순식간에 당했고."

러셀은 조용히 눈을 감고 팔짱을 낀 채 부들대고 있었다. 아무래도 마리를 상대조차 하지 못한 자신을 부끄러운 듯했다.

의외의 모습을 본 욤은 러셀을 위로했다.

"대장, 분한 마음은 이해하지만, 이번엔 상대가 너무 안 좋았어요. 졌다고 해서 분하게 생각하지 않아도——."

"——아니! 난 감동하고 있는 거다!"

"예?"

갑자기 양팔을 벌리고 외치는 러셀. 욤과 샤르가 깜짝 놀란 표정을 지었다.

러셀은 두 사람을 무시하고 손짓까지 하면서 열정적으로 이야기했다.

"번필드가의 양익(兩翼)라고 불리는 마리 님께 훈련받을 수 있을 줄은 꿈에도 몰랐다. 후회는 순식간에 끝났다. 다음이 있을지 모르겠지만, 난 그날을 위해 더욱 강해지고 싶다. 아니, 강해져야만 한다!"

감동하는 러셀의 모습을 보고 욤과 샤르가 서로 얼굴을 마주 봤다.

"번필드가의 양익이라는 말 들은 적 있어? 난 없는데."

"글쎄? 하지만 대장은 번필드가 오타쿠잖아? 우리가 모르는 걸 알 수도 있지. 근데 실제로 보니까 좀 깨네. 이런 면만 없으면 완벽할 텐데."

아무래도 번필드가에 대한 충성심과는 별개로 예사롭지 않은 감정을 품고 있는 모양이다.

소란스러운 러셀 소대의 대화를 듣고 있는 건 홀로 돌아오지 않은 엠마가 이끄는 제3소대의 일원들이었다.

더그가 작게 한숨을 쉬었다.

"불려 갔나 싶더니 이번엔 아가씨를 남겨두고 돌아가라고? 상층부는 무슨 생각인 건지 원."

아탈란테와 세트로 운용해야 의미가 있는데, 둘이 다른 배에 있으면 소용이 없다.

상층부를 비판하는 의견을 내자, 래리도 편승하듯이 불평했다.

"기사가 사령관이라 그런가, 너무 엉성하네요. 우수하다는 평가를 받아도 이 정도라고요."

두 사람이 상층부에 대한 불만을 토로하는 가운데, 몰리만 엠마를 걱정했다.

"엠마만 남겨졌다니, 혹시 벌이 생각보다 무거운 걸까?"

불안의 원인은 메레아의 전투에 대한 소극적인 태도다.

몰리는 그 책임을 엠마가 지고 있는 건 아닐지 걱정이었다.

몰리의 불안을 들은 래리는 어깨를 으쓱였다.

"그럴 리가 있겠냐. 명령을 내린 건 대령이잖아. 그럼 비난받는 것도 대령이어야지, 중위인 그 녀석이 아니라. 그 정도는 지위가 높은 분들도 알걸?"

래리의 정론에 몰리는 감정적으로 물고 늘어졌다.

"——애초에 래리랑 더그 씨가 의욕이 없으니까, 엠마가 혼난

거 아냐?"

래리는 몰리의 불안을 풀어주려 했는데, 오히려 비난받자 난처해했다.

엠마에게 협력적이지 않은 것도 짚이는 구석이 있어서 조금은 죄책감이 있는 듯했다.

"아니, 그건 아니지! 아, 아마도."

부정은 했지만, 시선이 흔들리는 래리를 보고 더그가 한숨을 쉬었다.

"우리 책임이라면 우리 대령만 질책받을 거야. 아가씨하고는 별개겠지."

더그의 말을 듣고 몰리가 입을 삐죽 내밀었다.

"그러면 엠마만 남겨지는 건 말도 안 된다고 생각하는데요."

몰리 일행의 대화에 러셀이 끼어들었다.

대화가 들렸을 것이다.

——러셀은 불쾌감을 드러내고 있었다.

"대장이 천하태평이면 부하들도 태평해지는 것 같군."

모욕당했다고 생각한 래리가 기사를 상대로 째려봤다.

"엘리트님이 우리의 대화를 엿들을 줄은 몰랐어."

반항적인 태도에 몰리와 더그는 '또 시작이네' 하고 질린 듯한 표정을 지었다.

기사를 상대로 일반 병사가 싸움을 걸어도 상대조차 안 되니까.

더구나 제국에 속한 번필드가에서 기사는 특권을 가지고 있다.

래리가 러셀을 째려봤지만, 러셀은 래리에게 손댈 생각은 없는 것 같았다.

그저 차가운 시선을 보내기만 했다.

"로드먼한테는 약간이지만 동정심이 들어. 너희 같은 썩어빠진 놈들을 떠맡았으니까."

러셀의 말에 래리가 분노를 드러냈다.

"뭐야?"

"반항적으로 굴기 전에 자신의 행실을 돌이켜봐라."

러셀은 그 말을 남기고 소대 멤버와 함께 격납고에서 떠나갔다.

"하아—— 하아——."

심장이 터져나갈 것 같을 정도로 소리를 냈다.

아무리 호흡해도 산소가 부족해 괴로워서 참을 수가 없었다.

뿜어져 나온 땀으로 몸이 젖었다.

근육과 뼈가 비명을 지르고 몸이 이제는 한계라고 말했다.

온몸을 덮는 특수 슈트를 입은 엠마는 양손으로 방어 자세를 취하고 있었다.

"벌써 한계이려나?"

링 위에서 상대하는 사람은 트레이닝 웨어를 입은 마리였다.

손에는 글러브를 끼고 얇은 옷만 입고 있었다.

한편 엠마는 특수한 방어 슈트를 착용하고 있다. 충격 저항성을 추구한 불룩한 슈트다.

그 탓에 마리가 인형 샌드백을 때리는 모습처럼 보였다.

다만 엠마의 손에는 쇼크 소드가 있다.

주위에는 다종다양한 무기들이 어질러져 있었다. 전부 엠마가 시험해 본 무기였다.

(산소가 부족해. 머리가 멍해——.)

머리를 가격당해도 버티는 건 특수 슈트 덕분이다. 첫날처럼 한 방에 끝날 일은 없다.

조건은 엠마가 압도적으로 유리했다.

하지만 현실은 그렇지 않았다. 숨이 차오른다. 슈트가 무거워서 생각대로 움직이기도 어렵다.

엠마도 기사로서 단련하긴 했지만, 그래도 마리를 상대하는 건 너무 가혹했다.

한계 상태에서 겨우 움직이는 엠마를, 마리는 주먹과 발차기를 날리면서 지도했다.

"예의 바르게 싸우는 방식은 버려요. 자기에게 맞는 스타일을 추구하세요. 틀을 깨지 않는 한, 언제까지고 병아리라고요!"

엠마는 복부에 발차기를 맞고 그대로 링 구석으로 날아갔다.

결국 엠마의 기력이 다했다. 마리는 작게 한숨을 쉬었다.

약간 스민 땀을 닦으면서.

"강해지고 싶다면 기사 학교에서 배운 전투 스타일은 잊으세요. 아탈란테의 파일럿, 당신에겐 어울리지 않아요."

이제야 겨우 휴식을 얻은 엠마는 필사적으로 산소를 빨아들이면서 마리에게 물었다.

"그, 그렇게 말씀하셔도, 기사 학교에서는 대강의 무기를 다뤄 왔습니다. 그중에서 저에게 맞는 것을 고른 건데——."

이미 고른 것이라고 말하는 엠마를 보고 마리는 깊은 한숨을 쉬었다.

"단기 교육의 폐해군요. 틀에 맞는 기사라면 문제없어도 남다른 기사에겐 답답할 텐데."

마리는 엠마가 아닌 이곳에 없는 누군가—— 기사들의 교육을 맡은 인물에게 푸념하고 있었다.

마리는 쓰러진 엠마를 잡아서 일으켜 세우고는 트레이닝 재개를 고했다.

"자기 스타일을 찾을 때까지 철저하게 몰아넣을 거야. ──너무 늦기 전에 찾을 수 있으면 좋겠네."

가학적인 웃음을 띤 마리를 앞에 둔 엠마는 섬뜩했다.

몸은 이미 한계고 정신도 한계에 몰렸다.

지금 당장 도망치고 싶다는 마음이 강했지만──.

"하아── 하아──."

──엠마는 들고 있던 소드 타입의 쇼크 소드를 버리고 랜스 타입을 쥐었다.

창으로 마리가 접근하지 못하게 할 생각이었다.

(도망치고 싶지만── 난 내 스타일을 찾아야 해. 더 강해지고 싶어!)

기사로서 강해지고 싶다.

마리와 트레이닝을 거듭하면 지금까지의 자신을 뛰어넘을 수 있을 것 같은 느낌이 들었다.

이를 극복하면── 자신이 동경하는 그 사람에게 조금은 가까워질 수 있을지도 모르니까.

포기하지 않는 엠마의 모습을 보고 마리의 입꼬리가 올라갔다.

도저히 품위 있는 웃음이라고는 할 수 없었지만, 마리는 기분이 좋아졌다.

"근성은 높이 평가하죠."

엠마는 창으로 거리를 두려고 했지만, 마리에게 간단히 접근을 허용하고 들려서 링에 내동댕이쳐졌다.

◇

정신을 잃었던 엠마가 눈을 떴다.

어디서 정신을 잃었는지도 기억나지 않고, 이게 처음도 아니라 당황하지 않았다.

기함에 온 이후로 정신을 잃는 건 자주 있는 일이라 익숙해져 버렸다.

(어라? 난 트레이닝 중이었던 것 같은데?)

주위가 소란스러운 것을 알아차리고 장소를 확인하니, 엠마는 함내의 기사용 라운지에 있었다.

라운지라고는 해도 바처럼 카운터가 마련되어 있고 술도 나열되어 있다.

테이블석에는 기사들이 있었고 술잔치를 벌이고 있었다.

남녀 관계없이 떠들었고, 싸우고 있는 자도 있었다.

어릴 적에 아버지를 마중하러 갔을 때 본 술집의 광경보다 더 시끄럽고 거칠었다.

고급스러운 느낌이 감도는 라운지에는 어울리지 않는 거친 모습이지만, 사람들은 즐거워했다.

엠마가 너무 놀라서 소리도 못 내고 있으니, 헤이디가 알아차리고 다가왔다.

"정신 차렸나, 아탈란테의 파일럿."

"네? 아, 네."

상황을 이해하지 못하는 엠마를 보고 눈치챈 듯한 헤이디가 설명했다.

"마리가 쓰러진 널 데리고 왔어."

"사령관님이?"

눈을 돌려 마리를 찾아보니, 카운터석에서 고급주를 잔도 없이 병으로 마시고 있었다.

엠마가 살짝 기겁하자, 마리가 시선을 알아차렸다.

텅 빈 술병을 두고 새 술병을 들더니 자리에서 일어나 엠마에게 다가왔다.

"정신을 차린 것 같네. 한 잔 어때?"

술병째로 건네받은 엠마는 황급히 고개를 저었다.

"죄, 죄죄죄, 죄송합니다. 마신 적이 없어서."

"어머나? 요즘 젊은이는 정말 예의 바르네. 내 난폭한 부하들도 좀 본받았으면 좋겠어."

마리가 그런 말을 하자 주위에 있는 기사들은 폭소했다.

"마리 누님이 얌전해지랜다!"

"제일 행실이 안 좋은 사람이 그런 말을 해도 말이지!"

"그거참 웃기는군!"

상관에게 무례한 말을 하는 부하들을 보고 엠마가 식은땀을 흘렸다.

마리는 번필드가에서 최상위 기사다. 감히 무례하게 굴 상대가 아니다.

하지만 부하들은 신경 쓰지 않고 동료처럼 대하고 있다.

이때 엠마는 깨달았다.

(혹시 사령관님은 상하관계에 구애되지 않는 타입인가?)

자신과 같은 타입일지도 모른다고 생각한 순간, 마리가 뒤돌아서 부하들에게 말했다.

"쳐 죽일 거예요."

웃으면서 그렇게 말하자 부하들은 금방 얌전해졌다.

"죄송함다~."

"혼나버렸네."

"아~, 웃겼어. 웃겼어."

가볍게 대답하는 부하들.

엠마는 위압해서 입을 다물게 만든 줄 알았는데, 여전히 주위의 기사들이 웃음을 잃지 않은 것을 보고 깨달았다.

(나랑 같지 않아. 부하들이 사령관님을 경애하는 거야. 신뢰 관계가 있는 거였어.)

부하들이 마리를 상관으로서뿐만 아니라 기사로서, 그리고 인간으로서 존경하고 있다는 게 전해져 왔다.

(내 소대와는── 나하고는 아주 달라.)

거느린 인원도 마리가 더 많아서 힘들 텐데, 자신은 겨우 세 명의 부하도 똑바로 통솔하지 못했다.

엠마가 낙담하고 있으니, 알아차린 헤이디가 말을 걸어왔다.

"왜 그래, 아탈란테의 파일럿?"

"네? 아, 아뇨, 그…… 제 소대와는 분위기가 달라서, 좀 놀랐어요."

엠마의 감상에 헤이디가 쓴웃음을 지었다.

"그야, 예의 바른 너희하고 우린 다르지."

"아뇨, 그런 뜻이 아니에요. ──제가, 소대를 잘 통솔하지 못해서."

엠마가 한심한 자신의 상황을 상담하자 헤이디가 마리 쪽으로 고개를 돌렸다.

의자에 걸터앉아 있던 마리는 엠마의 고민에 흥미를 보였다.

"메레아는 전 변경 치안 유지 부대였죠?"

그 말에 주변의 기사들도 대충 상황을 이해한 것 같았다.

술을 마시면서 엠마의 이야기에 귀를 기울였다.

마리가 엠마에게 질문을 하나 했다.

"그래서, 아탈란테의 파일럿은 어떻게 하고 싶은 걸까?"

질문을 받은 엠마는 마리에게 자신이 이상적이라 생각하는 소대의 모습을 설명했다.

"저는 평범하지는 못하더라도, 착실한 소대가 되면 좋겠어요. 지금은 마음이 꺾였지만, 옛날엔 목숨을 걸고 싸워온 사람들이니까요."

태생적으로 불량 군인 집단이었으면 엠마도 포기할 수 있었을지도 모른다.

하지만 엠마는 알고 말았다.

메레아의 승조원들이 예전엔 목숨을 걸고 번필드가를 지킨 것을.

그러나 이제 그들을 기다리고 있는 건 추방이다. 그건 너무 비극적이다.

그래서 현 상황을 바꾸고 싶었는데―― 마리는 엠마의 희망을 깨부수듯이 바로 답했다.

"무리야. 그 부대는 변하지 않아."

"네? 하, 하지만."

엠마가 대답하기도 전에 마리는 몰아붙였다.

"옛날엔 열심히 했다? 그런 건 통하지 않아. 과거의 활약도 중요하지만, 그게 현재와 미래를 대충할 이유가 되지는 않아."

그들이 과거에 쌓은 노력은 높이 평가해도, 결국 지금의 메레아에 미래는 없다.

엠마는 고개를 숙이고 물었다.

"사령관님이라면, 지금의 메레아를 어떻게 다루실 건가요?"

"내가 향후 메레아에 내릴 처우에 관해 물어보는 거야?"

엠마가 작게 고개를 끄덕이자, 마리는 즉답했다.

"부대를 해산시키고 승조원 대부분은 강제로 퇴역시킬 거야."

엠마가 두려워하던 바로 그 대답이었다. 엠마의 안색이 흐려졌다.

엠마의 표정을 본 마리가 작게 한숨을 쉬고 말했다.

"이건 메레아에 뿌리 깊게 박힌 문제야. 만약 개선하고 싶다면, 진심으로 해결하고 싶다면, 네가 메레아를 이끌어야 해."

메레아를 이끌라는 말을 듣고 엠마는 바로 고개를 저었다.

"무, 무리에요! 전 고작 중위인걸요!"

엠마가 당황하자 마리가 장난꾸러기 같은 표정으로 대답했다.

"물론 계급이 좀 부족하지. 하지만 번필드가에서는 기사 랭크도 평가 대상이야. 지금 네 랭크라면 대위만 달아도 대령을 밀어내고 지휘관이 될 수 있지 않을까?"

지휘권이 오로지 계급만으로 정해지는 건 아니기 때문에, 기사라면 중령의 계급으로도 대령을 부려 먹는 경우가 나올 수 있다.

제국의 방식을 따르는 번필드가에서 '기사'란 그만큼 중요한 존재다.

"하, 하지만 저 같은 게 메레아를 이끌 수 있을 리가──."

엠마역시 기사는 계급이 다소 부족해도 상관을 지휘하에 둘 수 있다는 말을 들은 적이 있다.

하지만 그게 자신의 일이 되는 건 생각해 본 적도 없었다.

헤이디가 난처해하는 엠마에게 보충 설명을 했다.

"명확한 규정이 있는 건 아니지만, 이런 문제는 기사의 기량이 중요하지."

"기량이요? 그럼 전 어려울 것 같아요. 기사 학교의 성적도 형편없고, 현장에서 이래저래 폐를 끼치고 있는걸요."

자조하는 엠마의 태도에 마리는 약간 짜증이 난 것 같았다.

"마음대로 해. 네가 통솔하지 않으면, 나는 귀환 후에 메레아의 부대를 해산할 거야. 메레아와 라쿤은 적합한 부대에 투입하는 게 번필드가에 더 도움이 되니까."

"그건……!"

엠마는 반박하고 싶었지만, 이전의 전투를 떠올리자 차마 입이 열리지 않았다.

입을 다물고 고개를 숙이고 있는 엠마를 보고 불쌍하게 여겼는지 헤이디가 대화에 끼어들었다.

"네가 그들을 걱정할 필요가 있긴 해? 대충 조사했는데, 내가 보기에는 도무지 감싸줄 가치가 없는 것 같던데?"

엠마는 이유를 말하려 했지만── 이조차도 말이 나오지 않았다. 마리에게 들은 말이 떠올랐기 때문이다.

(확실히 옛날엔 열심히 했지만 지금은? 내가 감싸는 게 맞을까?)

내버려두는 게 올바른 선택처럼 느껴졌다.

망설이는 엠마를 보다 못한 마리가 입을 열었다.

"걱정하지 않아도, 넌 앞으로도 계속 아탈란테의 파일럿 임무를 수행해야 해. 그게 그분의 의지라면 우리가 참견할 권리는 없으니까. 하지만 메레아의 승조원은 별개의 문제야."

──왜 메레아의 승조원을 감싸는 건가? 주위 사람의 의문을

품은 시선에 엠마는 자신의 마음을 다시 바라봤다.

(난 메레아의 사람들을, 동정하고 있을 뿐인지도 몰라.)

옛 번필드가를 떠받치고, 지금은 마음이 꺾인 군인들.

지금은 꼴이 심각하지만, 그래도 번필드가의 본성인 하이드라를 오랜 세월 지켜온 건 사실이다.

나는 그들을 구하고 싶다.

"그래도, 전 메레아의 승조원들이 다시 일어서주길 바라요."

엠마의 고집을 듣고 헤이디가 어깨를 으쓱였다.

"완고하네~. 포기하는 게 서로에게 득이라니까."

마리가 불성실한 소리를 하는 헤이디의 머리를 주먹으로 내리찍었다.

마리는 그대로 엠마 옆에 앉았다.

"아까도 말했듯이, 메레아의 승조원들을 다시 일으켜 세우고 싶다면, 지금 이대로는 안 되겠죠."

"역시 안 되나요?"

엠마가 쭈뼛거리며 물어보자, 마리가 작게 한숨을 쉬었다.

"아탈란테의 파일럿도 열심히 했다고 생각해. 실제로 '참 잘했어요' 도장을 찍어줘도 무방한 수준이야. 신형기 개발에서 결과를 내고, 거기에 더해서 부대에 신형을 배치했으니, 누가 뭐라고 해도 넌 우수해요."

"에헤헤."

칭찬을 받고 기뻐하는 엠마를 보고 마리가 쓴웃음을 지었다.

"하지만 메레아의 승조원들에게 필요한 건 지금의 당신처럼 온순한 상관이 아니야."

"네?"

마리는 엄한 표정으로 엠마에게 말했다.

"어중간한 놈들보다 악질이고 썩어빠진 놈들을 바로잡는 일이잖아? 진심으로 그들을 개심시키고 싶다면, 넌 부하들을 엄하게 대했어야 했어. 피를 토하게 만들고, 원망을 사서 메레아의 승조원들이 널 공공의 적이라 생각할 정도로 엄하게 말이야. 그러면 어느 정도는 결속이 됐겠지."

"하, 하지만, 그건."

자신의 이상과는 다르다고 말하려다가 엠마는 말을 꾹 참았다.

자신이 무르다는 건 엠마 자신도 어렴풋이 알아차리고 있었다.

마리는 그 마음을 꿰뚫어 보고 있었던 모양이다.

"짚이는 데가 있지? 부하들에게 잘 대해줘서 마음이 바뀌길 바랐다든가?"

"——네."

"진심으로 메레아의 승조원들을 바꾸고 싶다면 물러터진 마음을 버리고 대하도록 하세요. 무른 것과 다정함은 다른 거라고요."

마리의 말이 엠마의 마음에 가시처럼 박혔다.

엠마는 가슴에 움켜쥔 손을 댔다.

제3소대의 일원을 대할 때, 마음속 어딘가에서 미움받고 싶지 않다고 생각했던 것을 깨달았다.

"무른 것과 다정함은 다른 건가요."

"그렇지. 정말로 그들을 생각한다면 오히려 엄한 편이 좋다고요. 그 결과 미움받게 되어도."

엠마가 입을 다문 채로 시간이 지나자, 헤이디는 인제 와서 화제를 바꿨다.

"그건 그렇고, 물어보고 싶은 게 있는데?"

"뭔가요?"

엠마가 고개를 갸웃하자 헤이디가 진지한 얼굴로 물었다.

"넌 어느 파야? 물어볼 타이밍을 놓쳐서 말이야. 이것만큼은 꼭 물어볼 생각이었어."

헤이디가 새삼스럽게 한 질문이 엠마는 이해가 잘 안되었다.

"네? 어느 파라뇨?"

"아직 말단이라 잘 모르나? 그 왜, 이것저것 있잖아? 신세 진 기사라던가 누구 없어?"

질문을 받아서 생각했다.

그러자 한 인물이 떠올랐다.

"굳이 꼽자면 클로디아 교관님일까요? 승격 추천을 해주셨거든요."

엠마의 대답을 듣고 주위의 기사들이 살기를 띠었다.

"클로디아? 클로디아 베르트랑?! 그 녀석은 크리스티아나파의 간부잖아! 너, 설마 크리스티아나파냐!!"

"이 자식, 잘도 우리 앞에 낯짝을 드러냈군!"

"마리 앞에서 잘도 지껄였구나, 썩을 꼬맹이!!"

격분한 기사들을 앞에 두고 엠마는 무슨 일이냐며 놀랐다.

허둥거리면서 일단 변명했다.

"그, 그렇게 말씀하셔도, 전 파벌이 있는지도 몰랐는데요."

식은땀을 흘리며 시선을 이리저리 돌리는 엠마에게 기사 한 명이 손가락질했다.

"얼버무려서 빠져나갈 생각은 버려!"

라운지에 살기가 감돌아 당장이라도 주위 사람들이 무기를 들 것만 같았다.

그러자 마리가 엠마를 손가락질하던 기사의 정수리에, 들고 있던 술병을 내리쳤다.

(히이이익?! 사령관님, 뭐 하시는 거예요오오오?!)

너무나도 놀라운 광경에 엠마는 목소리가 나오지 않았다.

병이 깨져 내용물이 흩뿌려졌고, 머리를 맞은 기사가 바닥에 엎어지자―― 마리가 주위를 째려봤다.

"내 손님에게 불만이 있는 걸까? ――있는 놈은 앞으로 나와라."

위협적인 목소리로 앞으로 나오라고 하자 흥분했던 기사들이 조용해졌다.

아까 전과는 달리 화나게 하면 안 된다는 걸 기사들도 이해하고 있는 건지 순순히 따랐다.

이번엔 농담하려고 하지도 않았다.

"――없습니다."

다들 얌전히 자리에 앉았다.

압도적인 강자를 따르는 난폭한 자들―― 그것이 엠마가 본 마리가 이끄는 기사들의 모습이었다.

마리가 엠마에게 다가가 미소를 보였다.

"일단 지금은 무소속으로 알고 있을게. 너무 신경 쓰지 마."

"아, 네."

기사단이 파벌로 갈라져 있고, 심하게 대립 중이라니. 엠마는 기사단의 어둠을 엿본 듯한 기분이 들었다.

엠마가 다시 눈을 뜬 곳은, 여전히 라운지였다.

주위에선 술잔치를 벌이던 기사들이 자면서 숨소리를 내고 있었다.

책상에 엎드려 있는 사람.

의자를 늘어놓고 누운 사람.

바닥에서 자는 사람.

마리는 의자에 앉은 채로 눈을 감고 있었다.

턱을 괴고 자면서 조용히 숨소리를 내고 있었다.

"그대로 잠들어버렸나."

어젯밤에는 주위 사람들과 어울리게 되었고, 엠마는 그대로 잠들고 말았다.

지금껏 겪어본 적 없는 가혹한 트레이닝 탓에 지친 모양이다.

술을 마시지도 않았건만, 분위기에 취해있다가 모르는 사이에 잠든 모양이었다.

목을 움직여 주위를 보면서 잠에서 막 깬 머리로 이제부터 어떻게 할지 생각했다.

"함내 시간은── 새벽인가. 방으로 한 번 돌아갈까? 어차피 곧 트레이닝하러 나와야 할 테고."

이것저것 생각하고 있으니, 바닥에 누워있던 기사 한 명이 벌떡 일어났다.

몸집이 크고 근육질인 기사였다. 주변 사람들이 『카를로』라 부르던 자다.

카를로는 잠에서 깨자마자 느닷없이 절규했다.

"시, 싫어! 돌이 되는 건 싫어어어어!!"

엠마가 무슨 일인가 싶어 카를로에게 다가가니, 그가 우락부락한 얼굴을 쭈글쭈글하게 일그러뜨리고 흐느껴 울고 있었다.

무언가에 겁먹고 주위에 있는 책상과 의자를 난폭하게 헤쳐 나갔다.

주위 사람들이 소란에 눈을 떴지만, 날뛰는 카를로를 보고도 당황한 기색이 없었다.

"또냐. 질리지도 않네."

누군가가 중얼거린 목소리에는 어이없다는 마음이 들어있었다.

주위의 얼굴을 보니 수면을 방해받아 화내는 기사도 있다.

하지만 대부분은 카를로에게 동정적인 시선을 보내고 있었다.

몇몇 기사가 일어나 붙잡으려고 했지만, 카를로의 힘이 대단해서 밀리고 있었다.

결국 저지하려던 사람들은 카를로의 힘에 날아가 처박히는 신세가 되었다.

이윽고 눈을 뜬 마리가 또각또각 발소리를 내며 카를로에게 다가갔다.

"위험해요!"

엠마가 순간적으로 부르면서 오른손을 뻗었지만, 그 손을 어느

103

샌가 옆에 와있던 헤이디가 붙잡고 말렸다.

"조용히 보고 있어."

"하지만——."

(이 사람도 힘이 대단하잖아?!)

헤이디에게 붙잡힌 엠마는 결국 얌전히 마리를 지켜봤다.

마리는 카를로의 머리를 한 손으로 붙잡더니, 그대로 바닥에 내려쳤다.

날씬한 몸 어디에 그런 힘이 있는 걸까?

상대가 일반인이라면 이해할 수 있는 광경이지만, 카를로는 기사다. 그것도 몇 명이 달라붙어도 막지 못한 힘을 가졌다.

그런 거한을 마리는 한 손으로 제압했다.

"대단해."

엠마가 감탄해서 중얼거렸다.

마리는 여전히 울고 있는 카를로를 천천히 풀어주더니, 그대로 안아 가슴에 얼굴을 묻게 했다.

그대로 엉터리 아가씨 말투는 어디갔는지, 상냥한 목소리가 들려왔다.

"이제 겁먹지 않아도 된다. 두려워하지 않아도 된다. 이제 누구도 널 돌 따위로 만들지 않는다."

"마리, 난—— 난——."

카를로가 정신을 차린 것 같았지만, 두려움은 가시지 않은 모양이었다.

떨면서 눈물을 흘리자, 마리가 부드럽게 안는 힘을 더했다.

"그래~, 울어라, 울어. 마음껏 울고 나약한 소리를 해라. 이 마리 마리안이 들어주지. 그러니 이제 무서워하지 않아도 된다."

흐느껴 우는 카를로의 머리를 마리가 부드럽게 쓰다듬었다.

마치 인자한 어머니를 연상케 하는 광경이었다.

엠마가 그 광경에 시선을 빼앗긴 옆에서 헤이디가 자기들의 사정을 이야기하기 시작했다.

"아탈란테의 파일럿, 넌 우리의 과거를 알고 있나?"

"네? 그, 자세히는 몰라요."

엠마가 시선을 이리저리 돌리는 것을 보고 헤이디는 눈치챈 듯했다.

"뭐, 여기저기 말하고 다닐 이야기는 아니니까. 소문이나 조금 들은 모양이군. 이참에 알려주마. 우린 아주 먼 옛날에 썩을 놈에게 석화의 저주로 몸이 굳는 동시에 축복으로 정신만 살아있는 꼴이 된 적이 있다."

"석화? 축복? 어──."

엠마는 저주와 축복의 조합을 이해하기 어려웠다.

헤이디가 쓴웃음을 지으면서 가르쳐줬다.

"돌이 된 채로 움직이지 못하면서도, 정신만은 온전히 살아있는 상태였다는 뜻이다."

"네? 제정신을 유지하게 하는 건 축복이 아닌가요?"

엠마의 안이한 감상을 들은 헤이디는 쓴웃음을 지었다.

"원래는 그렇지. 하지만 2,000년이나 석상이 돼서 정신만 살아 있으면, 그건 지옥이다. 차라리 미쳐버리는 편이 행복했을 거야."

"에, 앗."

마리 일행에게 걸린 축복이 얼마나 악질적인지 엠마도 드디어 깨달았다.

석상이 되어서 2,000년이나 계속 의식이 유지된다.

축복이라도 마리와 헤이디 일행에게는 저주나 마찬가지였을 것이다.

엠마는 이해할 수 없는 괴로움이지만, 상상하니 소름이 돋았다.

아무 말도 못 하고 있으니, 헤이디가 웃음을 보였다.

"신경 쓰지 마. 딱히 우릴 동정하길 바라는 건 아니야. 다만——저렇게 힘이 센 녀석도 해방된 후에도 마음이 꺾여버릴 정도로 괴로웠어. 그래서 가끔 돌이 되었을 때를 떠올리고 날뛰는데——그때마다 마리가 우릴 제정신으로 돌려주지."

엠마와 헤이디가 카를로를 안고 자상하게 미소 짓고 있는 마리를 봤다.

어둑어둑한 라운지.

우연히도 라이트 아래에 있던 마리는 주위의 시선을 모으고 있었다.

주위 기사들의 얼굴을 보니 마리를 신뢰하는 표정을 보이고 있었다.

난폭한 기사들이 마리를 리더로 인정하고—— 존경하는 광경에 엠마는 가슴이 답답해졌다.

(내 부대와는 많이 달라. ──아니. 나랑 마리 님이 너무 다른 거야.)

부하들의 신뢰를 받지 못하는 자신과는 달리, 마리는 부하들에게 두터운 신뢰를 받고 있었다.

평소의 아주 난폭한 모습도 마리의 본성일 것이다.

하지만 자애로 가득한 지금의 모습도 마리의 거짓 없는 모습이라고 엠마는 생각했다.

힘과 상냥함을 겸비한 훌륭한 기사라고.

통일 정부에 소속된 행성 중 하나에 달리아 용병단이 와있었다.

자원 채굴을 끝낸 소행성을 보수한 우주항. 거기서 시레나는 호위를 대동한 인물과 거래를 진행했다.

거래 상대인 '미겔라'는 여성용 정장을 입고 있었고, 주위에 있는 호위들은 무장 상태였다.

미겔라 시레나에게 우호적인 태도를 보였다.

"우리의 독립 활동을 이해해줘서 기뻐. ──그게 설령 제국이라는 시대에 뒤떨어진 성간 국가라 해도 말이야."

알그란드 제국을 향한 비아냥이 섞여 있었지만, 시레나는 아무래도 상관없었다.

시레나는 리버의 부탁을 받아 물자를 미겔라에게 전달했을 뿐이다.

하지만 그것만으로 미겔라는 시레나를 제국군 관계자로 보는 모양이었다.

그 이유는 이 물자를 보낸 사람의 이름 때문이었다.

상대가 착각할 만한 상황이긴 했다. 시레나는 굳이 정정하지 않고 이야기를 이어갔다.

"당신들의 독립운동에 도움이 됐으면 좋겠네요."

시레나가 미소 지으며 슈트케이스를 건네자, 미겔라가 받았다.

안에는 비싼 귀금속이 들어있었다.

특수한 마력을 띤 보석, 금은보다 더 가치 있는 금속 주괴 등. 귀중한 물건들이었다.

미겔라는 욕심이 가득한 웃음을 지었다.

"이렇게 좋은 물건들을 지원해 주다니, 고마워라. 여기까지 가져오느라 힘들었지? 너, 상당히 우수한 것 같네."

미겔라의 칭찬을 받은 시레나는 거짓 웃음을 잃지 않고 대답했다.

"제가 한 건 단순한 심부름이에요. 이 정도는 아무것도 아닙니다."

자신에 찬 시레나의 태도에 미겔라는 기분이 좋아졌다.

"우리랑 개인적인 거래를 해볼 생각 없어? 우리는 한 명이라도 더 우수한 전력이 필요한 상황이라서."

자본이 생기자 독립에 필요한 전력 확보에 나섰다.

(잘도 지껄이네. 우릴 착취할 생각이면서.)

시레나의 경험에서 오는 직감이, 이 권유를 받아들이는 건 좋지 않다고 말해줬다.

시레나는 심정을 들키지 않도록 신중하게 답했다.

"그 이야기는 훗날에 할까요. 지금은 제 클라이언트의 의뢰를 우선해야 합니다."

"수송선단을 습격하라는 말이지? 하지만 공교롭게도 우리는 독립을 위해 싸우느라 여력이 없는데?"

"──방금 드린 그 귀금속을 컨테이너 단위로 여럿 준비했습니다. 보수로는 부족하지 않을 것 같습니다만."

미겔라의 호위 병사들이 약간 경악했다.

제국이 이렇게 대규모 지원을 할 줄은 예상하지 못한 탓이었다.

미겔라는 그 말에 씨익 웃었다.

"고마워라. 독립에는 아무래도 자금이 필요하거든. 고맙게 받을게."

교섭은 온화하게 진행되었다.

하지만 시레나는 미겔라에게 호감을 품지 않았다.

(독립 활동의 기수 행세라니, 참 웃기네. 이런 녀석들은 독립이 성공하는 순간, 권력을 쥐고 독재자로 변모하지.)

지금까지 많은 인물이 성간 국가에서 독립을 해왔는데, 대부분이 권력에 홀려 독재 정치가 되고 말았다.

미겔라는 제국을 싫어하지만, 본질은 제국이랑 다르지 않은 것이다.

"그럼 저희 의뢰도 맡아 주시는 걸로 알겠습니다?"

시레나가 물어보자, 미겔라는 호위와는 다른 정장을 입은 남자와 이야기했다.

아무래도 비서나 부관인 모양이다.

이윽고 그녀가 고개를 끄덕였다.

"좋아. 단, 수송선에 실린 물자는 전부 우리가 갖는 걸로 하지."

시레나는 웃음을 지으면서 대답했다.

"그렇게 하시지요."

(하, 욕심부리다 신세를 망칠 텐데? 너 따위가 정말 이 우주에서 살아남을 수 있다고 생각해? 어수룩한 것도 정도가 있지.)

미겔라에게 지도자로서 행성을 통치할 기량은 보이지 않았다.

하지만 그런 건 시레나에게 중요하지 않다. 이용할 수 있는 건 뭐든지 이용한다.

(우릴 위해 열심히 해보라고.)

◇

시레나가 달리아의 기함으로 돌아간 후.

우주항의 귀빈실에서 미겔라는 부하 한 명과 이야기를 나누었다.

부하가 불안한 표정을 짓고 있었다.

"설마 제국이 저희를 지원하다니, 예상 밖이었습니다."

통일 정부와 제국은 물과 기름이라 해도 좋다. 그래서 제국이 일부러 통일 정부로부터 독립하려고 하는 행성을 지원하는 상황은 예상하지 못했다.

미겔라는 작게 한숨을 쉬었다.

"적의 적은 친구라는 발상일지도 모르지. 그렇다고는 해도, 제국의 제2황자가 이 타이밍에 왜 우리를 지원하는 건지는 의아하군. 의도가 보이질 않아."

시레나가 가져온 물자의 발송인은, 표면적으로는 알 수 없었으나, 미겔라는 시레나에게서 들은 이야기로 대충 짐작하고 있었다.

바로 제2황자 라이너스다. 현재 제3황자 클레오와 격렬한 계승권 다툼 중인 바로 그 남자.

"나중에 보상을 요구하지 않을까요?"

이것도 계승권 다툼의 일환인가, 아니면 달리 의미가 있는 것인가, 그조차 아니면 그냥 변덕인가.

제2황자가 루스트와르 통일 정부로부터 독립을 생각하는 미겔라 일행을 지원했다.

미겔라는 이해가 안 됐지만, 깊이 생각할 마음도 들지 않았다.

멍청한 황자의 어설픈 책략이라 생각했다.

"저쪽이 우리에게 의뢰한 거니까, 보상을 요구해도 정당한 거래였다고 퇴짜를 놓으면 그만이야. 아마 그 수송선단이 적대 파벌과 관련이 있는 거겠지. 우리 이름으로 처리시키고 싶은 거야."

"그러기 위해 그만한 자금을 투입한 겁니까? 제국놈들의 발상은 이해할 수가 없군요."

"그러게. 그래도 그 덕분에 막대한 자금이 생겼잖아? 우리의 계획도 성공에 더 가까워졌고."

현재 루스트와르 통일 정부에서는 몇몇 행성이 동시다발적으로 독립운동을 진행하고 있다.

덕분에 루스트와르 통일 정부의 군대── 통일군은 이 문제를 해결하느라 바깥을 나돌 여력이 없었다.

심지어 몇몇 장거리 워프 게이트는 독립군에게 제압당해 통일군의 이동을 막고 있다.

미겔라에겐 지금의 정세가 독립에 큰 도움이 되고 있었다.

이 기회에 독립을 이루고 성간 국가를 세운다는 야망을 달성할 수 있다고 생각했다.

"지금만은 제국의 더러운 용병들의 힘도 빌려두죠. 지금은 전력이 조금이라도 더 필요한 시기야."

미겔라의 얼굴을 보고 부하는 약간 안도하고 있었다.

"그녀들과 친하게 지내는 건 개인적으로 반대였으니 안심했습니다. 용병이라고는 해도 우주 해적과 조금도 다르지 않은 놈들이니까요."

"전쟁이 일어나면 용병으로 활동하고, 아무것도 없으면 해적질이지. 정말 어처구니가 없는 녀석들이야. ──뭐, 우릴 위해 있는 대로 이용할 뿐."

이야기가 일단락돼서 미겔라는 부하에게 확인했다.

"그래서 어느 정도의 전력으로 수송선단을 습격할 수 있을까?"

태블릿형 단말기로 확인하는 부하는 현재의 전력을 확인하고 있었다.

"예정으로는 2,000척이었습니다만, 현재 준비된 건 1,500척입니다."

"500척은 어디 갔는데?"

미겔라가 불만스러운 얼굴을 보이자, 부하가 황급히 이유를 설명했다.

"현장에서는 비축한 물자의 양이 적어 불안하다는 의견이 제기되었습니다. 이 이상의 전력은 투입할 수 없다고 합니다."

미겔라는 어이가 없었다.

"정말 도움이 안 되는 군인들이야. 그 물자를 확보하기 위해 움직이고 있는데 말이지. 하지만 무리할 상황도 아니야. 수송선단의 호위가 많다고는 해도, 수백 척이지?"

"네. 이미 확인했습니다."

"용병 놈들과 합치면 우리 숫자가 더 많아. 그리고 놈들은 초대형 수송선을 호위하고 있어서 불리한 상황이야."

달리아 용병단이 알려준 수송선단의 항로.

심지어 습격 장소는 미겔라 일행의 앞마당이나 마찬가지인 공역이다.

미겔라가 입꼬리를 올리고 웃었다.

"제국 귀족은 허세만 가득한 멍청이들이야. 어차피 군대도 종이호랑이겠지. 놈들의 물자는 우리가 유용하게 활용하자고."

부하도 동의했다.

"통일 정부 아래에서 군대로서 훈련받은 우리 군의 적수는 못 되겠죠."

미겔라는 이미 이겼다고 생각하고 있었다.

"시대에 뒤처진 어리석은 자들에게 진짜 전쟁을 가르쳐줘야지."

귀족 정치 따위는 시대에 뒤처졌다고 단언하는 미겔라에게 부하도 동의했다.

그리고 미겔라는 생각난 것처럼 말했다.

"아아, 그리고 강화 병사 건은 어떻게 됐지?"

부하가 단말기를 조작해서 미겔라에게 투입할 수 있는 강화 병사에 대해 보고했다.

"이미 콜드 슬립에서 깨워뒀습니다. 전투를 시작하기 전까지는 출격 준비도 된다고 합니다."

통일군에서는 강화 병사들을 임무를 수행할 때 외에는 콜드 슬립으로 재웠다.

강화 병사도 일단은 지원병이기 때문에 임관 기간이 지나면 퇴역도 가능해진다.

하지만 통일군에 있는 동안에는 비품 같은 취급을 받았다.

효율적으로 운용하기 위해 필요 없을 때는 콜드 슬립으로 재운다.

잠들어 있는 시간은 당연히 임관 기간으로 인정되지 않는다.

따라서 그들은 오랜 세월 군대에 묶여 있는다.

미겔라가 강화 병사들의 대우에 대해 고민했다.

"깨어나도 거역하거나 하진 않지?"

"괜찮습니다. 지휘권을 쥔 자가 우리 측이고, 놈들은 거의 잠들어 있기 때문에 상황을 똑바로 확인할 수 없습니다. 그저 전장에 나가 명령대로 싸우기만 하니까요."

불쌍한 강화 병사들이지만 미겔라는 웃고 있었다.

"그렇다면 착취해야지. 강화 병사 같은 무서운 존재를 이 세상에 풀어놓으면 안 되니까."

보통 사람보다 훨씬 뛰어난 능력을 지닌 강화 병사들은 통일 정부 내에선 공포의 상징이기도 했다.

대부분은 사회에 복귀해도 주위 사람들에게 배척당하는 경우가 많다.

무사히 퇴역한 강화 병사들은 결국 갈 곳을 잃고 군으로 돌아가거나 우주 해적이나 용병이 되는 경우가 많았다.

잘못된 길로 빠지는 자들이 많다는 사실이 더욱 박차를 가해서 사람들은 강화 병사에게 안 좋은 이미지를 가지고 있다.

미겔라도 그런 사람 중 하나였다.

"통일군에서 입수한 신형기는 준비했지?"

미겔라가 확인하자 부하가 단말기를 조작해 현재 상황을 조사했다.

"문제없습니다. 이제 막 눈을 뜬 우수한 강화 병사를 태울 예정입니다."

"우수한 강화 병사라고? 전부 똑같은 줄 알았는데, 우열 같은 게 있구나."

미겔라가 의문스럽게 여기자 부하가 어느 강화 병사의 개인정보를 보여줬다.

미겔라의 주변에는 수많은 홀로그램이 나타났고, 부하가 홀로그램들에 관해 설명해 나갔다.

"전투에 출격한 횟수가, 크고 작은 싸움을 합쳐서 세 자릿수에 달합니다. 격추 수도 통일군 중에서도 상위권이고, 현재로서는 아군의 최고 전력입니다. 소위 에이스라는 것이죠."

에이스 파일럿이라는 말을 들어도 미겔라의 반응은 빈약했다.

"다른 파일럿들이 뒤떨어질 뿐인 거 아냐? 뭐, 됐어. 신형기에 태워서 습격에 내보내. 실전에서 쓸 수 있는지 확인하겠어."

어두침침한 큰 방에는 관 같은 캡슐이 나열되어 있었다.

사정을 모르는 사람이 보면 시체 안치소나 묘지를 상상할 것이다.

하지만 잠들어 있는 건 살아있는 인간들이다.

캡슐 중 하나의 뚜껑이 밀리며 열렸다.

잠들어 있던 여자가 천천히 눈을 뜨고 오른 손바닥을 봤다.

쥐었다가 펴는 행동을 반복한 후에 자신이 콜드 슬립에서 깨어났다는 사실을 깨달았다.

(아아, 또 깨어나고 말았어.)

콜드 슬립에서 깨어나 자신이 아직 살아있다는 것을 알게 되었다.

강화 병사는 도구 같은 취급을 받고, 필요가 없어지면 콜드 슬립 장치에 처박히는 게 일상이다.

그 상태 그대로 수송되는데, 운이 나쁘면 수송 중에 함정이 격파당해 죽는 경우도 있다.

강화 병사들은 콜드 슬립에 처박히면 다음에 깨어날 수 있다는 보장이 없다.

옛날엔 그렇게 죽는 것이 두려웠지만, 여러 번 반복하는 사이에 감각이 마비되었다.

(그대로 자고 싶었는데.)

오히려 지금은 깨어나고 싶지 않다는 생각마저 했다.

눈을 뜨면 도구로서 전장에 내던져질 뿐이다.

끝나면 콜드 슬립으로 잠든다.

통일 정부가 어떤 상황에 놓여있는지도 듣지 못하고, 무엇을 위해 싸우고 있는지도 모른다.

살기 위해 통일군에 지원했고, 권리와 큰돈을 얻기 위해 강화 병사가 될 결심을 했다. ——그렇다고, 상관에게 들었다.

강화 병사는 기억을 소거당해서 무엇 때문에 지원하고 이 길을 선택했는지 불명했다.

(과거의 난 바보 같은 짓을 했어.)

하지만 지금은 이 끝나지 않는 악몽에서 해방되고 싶었다.

주위에선 똑같은 캡슐의 뚜껑이 차례차례 열렸고 자신과 같은 강화 병사들이 깨어났다.

여자는 천천히 일어섰다.

일반 여성보다 키가 크고 근육질인 육체를 가지고 있지만 피부는 창백해서 건강이 안 좋은 것처럼 보이기도 했다.

아주 짧은 파란 머리카락에 눈동자의 색은 비취색.

생기가 느껴지지 않는 용모를 지닌 여자는 홀로 중얼거렸다.

"이번에야말로, 날 격추할 만한 사람이 있으면 좋겠어."

타격 흡수에 특화된 특수 슈트를 입은 엠마가 쌍권총 스타일로 마리와 스파링을 하고 있었다.

이 권총은 실탄이 아니라, 약간의 마비를 일으키는 전기 쇼크를 발사한다.

원거리 무기는 전투에서 유리하다.

상대의 공격이 닿지 않는 거리에서 맞추기만 하면 된다.

그런데.

"안 맞아?!"

엠마는 권총을 연사했지만, 마리는 아무렇지도 않았다.

최소한의 움직임으로 재빠르게 피하면서 걸어서 엠마가 있는 곳까지 다가왔다.

권총을 든 엠마가 후퇴해서 코너에 몰리고 말았다.

에너지도 다 써서 권총의 방아쇠를 당겨도 반응하지 않게 돼버렸다.

찰칵, 찰칵, 하고 공허한 소리만 울리자, 엠마는 권총을 내던졌다.

"이런! ——그렇다면!"

허리 뒤쪽에서 단검형 쇼크 소드 두 자루를 뽑아 들었다.

샤르를 흉내 낸 이도류였다.

(나에게 재능은 없어. 공격 횟수로 밀어붙인다!)

자신에게 재능이 없다고 보고 단념한 엠마는, 아름답게 이기는 것을 포기했다.

기사 학교에서 배운 검과 권총 스타일을 버렸다.

세련되지 않아도 된다.

——그저 눈앞에 있는 사람을 쓰러뜨리기로 결심한 스타일이다.

단검을 교차하듯이 바깥쪽에서 안쪽으로 휘둘렀다.

다가온 마리를 양쪽으로 공격했지만, 마리는 간파하고 깔끔하게 피했다.

마리는 뛰어올라 공격을 피하고는 그대로 엠마의 머리에 왼쪽 다리를 휘둘렀다.

엠마는 날아갔지만, 특수 슈트가 충격을 흡수했다.

그래도 아프지 않은 건 아니다.

특수 슈트의 방어를 뚫은 발차기의 위력에 엠마는 머리가 흔들려 일어서지 못하고 있었다.

시야가 일그러지고 속이 안 좋았다.

"아—— 아직——!"

포기하지 않고 일어서는 엠마의 모습을 본 마리가 만족스럽게 웃으면서 칭찬했다.

"이전과 비교하면 좋은 전투 양상이에요."

많은 무기를 시험해 본 끝에, 드디어 잘 맞는 무기를 찾을 수 있을 것 같았다.

하지만 마리는 문제점도 지적했다.

"다만 무기 교체 타이밍이 안 좋아. 잔탄 수는 항상 의식하세요. 단검으로 교체하는 게 느려."

마리가 내민 손을 잡고 엠마가 일어섰다.

"앞으로 주의하겠습니다."

비틀거리는 엠마를 보고 마리는 작게 한숨을 쉬었다.

"각각 다른 무기를 들면 그때부터 나빠지는 게 문제네요."

마리는 엠마의 전투 스타일에 대해 진지하게 고민하고 있었다.

왜 자기를 위해 그렇게까지 해주는 것인가?

엠마는 신기할 따름이었다.

(나 같은 것보다 훨씬 바쁜 사람인데—— 왜 이렇게까지 해주는 걸까?)

맨 처음엔 마리가 스트레스를 해소하는 건 아닌가 하고 생각했지만, 그런 것 치고는 개인 지도 시간이 길었다.

호위 함대를 이끄는 처지라 바쁜 마리는 휴식 시간을 줄이고 엠마의 교육에 힘을 써주고 있었다.

엠마는 마리의 파벌에 속하지 않았는데 말이다.

굳이 말하자면 교관이었던 클로디아 쪽이니 크리스티아나파라고 볼 수도 있다.

그리고 마리는 파벌뿐만 아니라 번필드가에서도 유명한 기사. 리암 곁에서 수완을 발휘해 온 존재다.

중장이 굳이 일개 중위를 훈련시킬까?

마리가 자신에게 이렇게까지 해주는 이유를 알 수 없었다.

"저기, 왜 이렇게까지 절 단련시켜주는 건가요?"

소박한 의문을 던지자, 마리가 생각하는 것을 그만두고 엠마를 봤다.

평소에는 어른스러운 여자라는 인상이 강한 마리가 지금은 아이 같은 웃음을 보이며 솔직하게 대답했다.

"그분이 주목하는 기사니까. ——그리고 내 마음에 들었으니까."

"제가요? 샤르멜 중위가 저보다 더 뛰어나지 않나요?"

마리는 작게 한숨을 쉬고 이유를 가르쳐줬다.

"재능 이야기는 아무도 하지 않았어요. 마음에 든다, 마음에 들지 않는다는 제 마음이니까요. 그리고 난 그 애를 천재라 생각하지 않아."

의외의 평가에 엠마는 놀랐다.

자기가 봐도 샤르는 우수하고 천재라 불러도 무방하기 때문이다.

"네? 하지만 격추 수도 많고 대단한 사람이잖아요? 저 같은 것보다 훨씬 강하고 우수하니까 천재라고 생각하는데."

샤르를 천재라 평가하는 엠마를 보고 마리는『이 녀석 이해 못했네』라는 표정을 지었다.

"세상에 천재라 불리는 사람은 많아. 하지만 모두가 결과를 남길 수 있는 건 아니지. 정말로 결과를 남길 수 있는 자야말로 진정한 천재라고요."

엠마는 마리가 하고자 하는 말은 이해했지만, 그래도, 라는 생각이 들었다.

"하지만 샤르멜 중위는 저보다 더 많은 결과를 냈어요. 기사가 탄 기동기사를 20기나 격파했고, 진짜 에이스예요."

자조하는 엠마를 보고 마리는 머리를 긁적였다.

잠시 고민한 후에 마리는 엠마의 매력에 대해 이야기하기 시작했다.

"내가 널 마음에 들어 한 이유는 말이야—— 네가 정말 오만해서 기사를 하기에 적합하기 때문이야."

오만하다는 말을 들은 엠마는 바로 부정했다.

"아, 아니에요!"

오만—— 그건 자신이 지향하는 이상적인 모습과는 가장 거리가 먼 말이기 때문이다.

정의의 기사에게 오만은 어울리지 않는다.

자기 행동에는 주의를 기울이고 있다고 생각하고 있었다.

하지만 마리는 엠마가 오만하다며 물러서지 않았다.

"아뇨, 틀리지 않아. 포기하는 편이 서로에게 이득인 메레아를 감싸주고 자신의 이상을 강요하는 건 정말 오만한 짓이죠."

"——예?"

마리의 말을 듣고 엠마는 자기 행동을 돌아봤다.

자신은 그렇게나 오만한 걸까? 하고.

깨닫지 못한 엠마에게 마리가 미소 지으면서 말했다.

"깨닫지 못한 것 같네. 메레아 녀석들은 좌천지에서 쭉 썩던가, 얌전히 제대해서 새로운 인생을 사는 편이 행복할 거라고요. 다른 부대와 함께 운용해도 발목만 잡고 도움도 안 되잖아요?"

"하지만 다들 군에서 사는 수밖에 없다고 했어요. 다른 방식으로 사는 건 이제 불가능하다고!"

"환경의 변화를 두려워하고 있을 뿐이죠. ——그런 그들을 군에 묶어두고 싶다니, 훌륭한 오만함이에요. 넌 기사를 하기에 적합해."

자신의 이상을 다른 사람에게 강요하는 것일 뿐이라는 말을 듣고 엠마는 깜짝 놀랐다.

그런데도 마리는 엠마의 오만함을 책망하기는커녕 오히려 호감을 품고 있는 것 같다.

"기사는 고집이 있어야죠. 물론 자기 고집을 밀고 나갈 수 있을 만한 실력이 전제돼야 하지만요."

엠마는 기사에 대해 별난 생각을 가진 마리에게 찬성하지 못했다.

하지만 자신이 오만하다는 건 이해했다.

(메레아 사람들의 행복을 생각하지 않은 난 엄청 오만한 기사구나. 내가 한 일은 내 행복을 강요하는 것이었어.)

마리가 깨우쳐 줘서 알아차렸는데, 너무 충격적인 사실에 엠마는 마음이 어두워졌다.

(자신의 이상을 강요하는 내가, 정의의 기사라니…….)

마리는 엠마의 반응에 상관하지 않고 이야기를 계속했다.

"그리고 난 이 세상에서 가장 오만한 기사를 알고 있어. 누구보다도 오만하고, 누구보다도 강하고, 누구보다도 고귀하신 분——
절대적인 지배자, 리암 세라 번필드."

마리가 그 이름을 입에 담자, 주위에서 트레이닝에 힘쓰던 기
사들의 움직임이 멈췄다.

그 이름은 그들에게도 특별한 것이었다.

자기들을 구해주고 절대적인 주인으로서 군림하는 존재의 이
름이다.

정적이 퍼지는 가운데, 엠마가 반론했다.

"리암 님은 훌륭한 사람이에요! 오만하지 않아요! 백성을 위해
선정을 펼치고, 전장에도 나서고—— 훌륭한 영주님이에요!"

기사로서 강하고, 영주로서는 명군.

엠마는 리암이 이상적인 인물이라고 진심으로 믿고 있었다.

그런 엠마를 보고 마리는 상당히 기뻐했다.

"오, 멋진 충성심이야. 하지만 리암 님은 오만하셔. 그리고 그
오만을 밀고 나갈 수 있을 만한 실력이 있지. 그건 본인도 공언하
신 일이야."

엠마는 전 교관인 클로디아에게 예전에 들은 말을 떠올렸다.

리암이 자신을 악당이라 칭한다는 것을.

게다가 이번엔 오만하다고 공언까지 하고 있다는 말을 들으니,
자신이 좇던 이상적인 기사가 무엇인지 알 수 없게 되었다.

"——그렇지만."

"리암 님은 늘 말씀하셨어요. 영지 발전은 자기 자신을 위해.

백성은 전혀 생각하지 않는다고요."

엠마가 고개를 떨구고 있으니, 마리가 리암의 진의를 이야기했다.

"그분은 어릴 적부터 총명하셨대. 그래서 이해하고 계셨던 거지.──결국 영지를 지키는 것도, 선정을 펼쳐 백성을 아끼는 것도, 오만한 자신의 이상이라는 걸."

"그건 오만인가요? 모두가 바라는 이상일 텐데요?"

"오만이죠. 자기 백성을 지키기 위해서라면 우주 해적 따위는 없애면 된다고 생각하고 계시니까요. 진짜 성인이라면 양자의 목숨을 구할 방법을 생각하겠죠. 전 지금의 리암 님의 생각이 더 마음에 드네요."

마리의 보라색 눈동자가 괴이하게 빛을 뿜는 것처럼 보였다.

자신의 주군을 믿어 의심치 않는 눈이었다.

그 눈동자에 엠마는 위축됐다.

오만하고 악당이라 자칭하는 리암 곁에 있으면서 이만큼 충성을 맹세할 수 있는 사람이 있다. ──자신은 그녀만큼 충성심을 가지고 있을까?

엠마는 중얼거렸다.

"──그래서, 악이라 자칭하는군요."

"맞아. 분명 그분이 이상적이라 생각하는 정의는 스케일이 터무니없이 크겠죠. 자기 손으로 이루기 위해서라면 악당이 되어도 상관없다. ──정말 고결하신 분이야."

엠마는 마리의 이야기를 듣고, 클로디아의 이야기를 떠올리고 동경하는 기사가 어떤 인물인지 조금씩 어렴풋이나마 파악하기 시작했다.

단순히 오만한 악당은 아닐 것이다. 백성들을 지키기 위해 일어섰으니까.

"전, 제가 모시고 이상으로 삼은 사람에 대해서—— 아무것도 몰랐어요."

엠마가 링에 눈물을 뚝뚝 흘리기 시작하자 마리가 상냥하게 말을 걸었다.

"자신이 오만하다고 인정하도록 하세요. 그리고 자신의 의지를 관철하는 힘을 가지세요. 실력과 책임 능력이 있어야만, 기사는 제 몫을 다할 수 있답니다."

엠마는 마리의 독특한 생각을 전부 받아들일 수는 없었다.

하지만 딱 하나는 이해했다.

얼굴을 들어 마리에게 물었다.

"——전 오만한가요?"

그 질문에 마리는 미소 지으면서 대답했다.

"네, 귀엽고 오만한 기사죠."

엠마는 마리의 대답을 받아들이고 울면서 웃음을 지었다.

(그 사람은 오만해도 누구보다도 고상해. 그렇다면 나도 엄청 오만한 기사를 목표로 할 거야. 오만해도 좋아. 난 내가 이상적이라 생각하는 기사가 될 거야!)

엠마는 마리에게 부탁했다.

"전, 이 오만함을—— 자신의 의지를 관철할 힘을 원해요."

마리는 그 부탁을 듣고 자세를 잡았다.

"그렇다면 나에게 감사해. 이 마리 마리안이 직접 기사로 단련시켜 주겠어요."

◇

엠마가 기함에서 지내고 있을 무렵, 메레아의 함내에서는 제3 소대의 일원들을 비롯해 승조원들이 여전히 칠칠치 못한 나날을 보내고 있었다.

기동기사가 늘어선 격납고도 엠마가 기함으로 가기 전과 다름 없는 광경이 펼쳐져 있었다.

아탈란테가 고정된 행거 앞에서 단 한 사람만이, 몰리가 정비 도구를 들고 분개하고 있었다.

"더그 씨! 래리! 엠마가 없다고 너무 풀어졌잖아요! 우리 때문에 엠마가 호출됐다는 걸 잊었어?"

컨테이너에 앉아 게임기로 놀고 있는 래리는 몰리의 설교가 지긋지긋했다.

"불평하고 있는 건 상층부잖아. 애초에 메레아에 명령을 못 내리는 그 녀석을 설교해서 뭐 하자는 건데? 여전히 상층부는 현장을 이해 못 하고 있어."

"그렇게 금방 책임 전가하고! 하아…… 더그 씨는 술잔치에 참가해서 격납고에도 안 와주고. 기체 조정을 하자고 몇 번이나 불렀는데. 모처럼 엠마가 힘내서 신형기를 받았는데 보물을 썩히고 있어."

몰리는 엠마의 노력이 허사가 되는 것을 참을 수 없었다.

혼자 열을 내는 몰리를 보고, 래리가 귀찮다는 듯이 대꾸했다.

"애초에 그 녀석 혼자 노력해서 신형기가 배치된다면 고생 안 하지."

"──엠마가 없어도 같은 결과가 나왔을 것 같아? 우리한테 신형을 보내준다고?"

"그건……."

좌천지라는 말까지 들은 변경 치안 유지 부대다.

그런 부대에 신형 라쿤을 배치하고 이유도 없이 모함 개수를 할 정도로 군대는 어설프지 않다.

계기가 된 건 틀림없이 엠마다.

래리도 자기들끼리 움직여서 같은 결과에 이를 수 있다고는 생각하지 않는지 말문이 막혔다.

아탈란테 옆에는 엘리트 소대의 네반 3기가 나란히 있었다.

같은 네반 타입이라 가까이에 배치됐을 것이다.

정비와 조정이 끝난 네반 커스텀은 완벽한 상태를 유지하고 있었다.

파일럿들도, 그 샤르조차도 함내에서는 규칙적인 생활을 했다.

몰리에게는 거북한 녀석들이지만 그들은 할 일을 하고 있었다.

──자기들과는 달리.

"엠마, 지금쯤 어떻게 지내고 있을까?"

몰리가 엠마를 걱정하자 래리가 작게 한숨을 쉬었다.

성가셔하는 것처럼 보이기도 했지만, 몰리의 말을 듣고 죄책감을 자극받은 상태였다.

게임기를 집어넣고 기체를 조정하기 위해 콕핏으로 향했다.

"래리?"

래리는 신기해하는 몰리에게 무뚝뚝하게 대했다.

"기체 조정할 거지? 빨리 끝내자."

게임만 하던 래리가 의욕을 보여 몰리는 기분이 좋아졌다.

"응! 그러면 지금까지 방치했던 설정도 다시 볼까. 대충 5시간이면 끝날 거야! 이참에 무장도 다시 살펴볼래?"

동료가 의욕을 보여준 게 기쁜 몰리는 흥분한 기색이었지만, 래리는 그 정도로 의욕에 불타지는 않았다.

"──5시간은 좀 봐줘라."

몰리의 무자비함에 래리는 굳은 표정을 지었다.

◇

메레아 함내에서 지내는 러셀 소대 일원들은 트레이닝 룸을 열심히 이용하고 있었다.

특히, 샤르는 마리에게 얻어맞은 이후로 훈련에 열중했다.

"그 여자, 언젠가 두들겨 패주겠어!"

가는 팔로 고중량 바벨을 들어 올리며 땀을 흘리는 샤르.

옆에서 보고 있던 욤이 웃음을 지었다.

"훈련을 싫어하는 샤르가 진지하게 훈련하다니, 얻어맞은 보람이 있었던 거 아냐?"

놀림 받은 샤르가 휴식에 들어가자, 욤에게 따지고 들었다.

"시끄러워! 말해두겠는데 제일 처음 기절한 건 너거든? 나보다 약한 주제에 까불지 말아줄래? 아니면 이번에도 아빠한테 도움 받으려고?"

욤은 아버지 이야기가 나와 기분이 안 좋아졌다.

"아버지는 상관없어."

"있어. 너, 대대로 번필드가를 섬기고 있는 기사 일가잖아? 아빠가 요직에 있다는 거 알고 있거든?"

욤의 아버지도 번필드가의 기사다.

게다가 기사단에서 요직에 있다는 것도 사실이었다.

아버지의 연줄이 있을 것이라는 말을 들은 욤이 정색했다.

"대대로 섬기고 있는 녀석은 없어. 기껏해야 2대나 3대 정도야. 기사단의 형편 정도는 공부하는 게 어때? 아, 해도 소용없나. 샤르는 학과 점수는 간당간당한 바보였으니까."

샤르는 기사로서 뛰어난 실력이 있었지만, 학과 성적은 좋지 않았다.

다만, 그건 욤 일행의 기준으로 봤을 때의 이야기다.

일반적인 기준으로 보면 샤르도 우수하다.

하지만 부족한 부분을 지적받은 샤르는 흉흉한 분위기를 내기 시작했다.

"뭐야? 겁쟁이 사수 나부랭이가 까불지 마."

샤르가 째려봤지만, 욤은 앞머리 틈으로 눈동자를 슬쩍 비췄다.

강렬하고 호전적인 눈이었다.

"해볼래?"

둘이 당장이라도 덤벼들려고 하자 소대장인 러셀이 외치는 소리가 트레이닝 룸에 울려 퍼졌다.

"나는, 나는―― 스스로가 한심해! 왜 좀 더―― 로드먼 중위가 부러워!! 내가 좀 더 강했다면 지금쯤 내가 마리 님께! ――으아아아아아아!!"

기함에 남아 마리에게 훈련받는 엠마가 부러운지, 그는 근력운동을 할 때마다 괴성을 지르게 되었다.

한심한 자신을 독려하는 것이리라.

자기들밖에 없는 텅 빈 트레이닝 룸에서 러셀이 소리 지르는 모습을 지켜본 샤르는 냉정하게 대꾸했다.

"――대체 저 괴성은 언제까지 이어지는 거야? 트레이닝 중에 들리면 기운 빠지는데."

욤도 이 의견에는 찬성인 모양이다.

"기함에서 돌아온 뒤부터 계속 저 모양이잖아. 대장에겐 아쉬운 일이니까 어쩔 수 없지만."

　기운이 빠져버린 둘은 휴식을 끝내고 다시 트레이닝을 시작했다.

메레아는 호위 함대에 편성되었지만, 임무 중에도 평소와 다름 없는 생활이 이어지고 있었다.

함내에 마련된 술집에선 고참 셋이 테이블에 둘러앉아 술을 마시고 있었다.

한 명은 제3소대의 더그이고 다른 한 명은 팀 대령이다.

둘 다 오랫동안 알고 지낸 사이이고, 계급을 무시하는 사이였다.

팀 대령이 잔에 든 술을 다 마시고 윗옷의 앞섶을 풀고 옷차림을 편하게 했다.

"급한 대로 긁어모은 함대는 피곤하군. 고지식한 녀석이 많아서 싫어. 정시 연락이 늦었다는 것만으로도 호통을 치는 녀석이 있어서 곤란해."

피곤한 얼굴을 한 팀 대령을 보고 이미 취한 더그는 웃었다.

"고생이 많구만, 팀 사령관."

"너희는 좋겠다. 난 평소에 교류하지 않는 놈들한테 잔소리뿐만 아니라 불평까지 듣고 있는데."

호위 함대에 더해진 덕분에 고생이 늘었다고 말하는 팀에게 다른 한 명이 노고를 위로하기 위해 잔에 술을 따랐다.

여자 파일럿인 『제시카 코르테스』 준위. 왼쪽 눈에 안대를 한 제6소대의 소대장이다.

전투에서 왼쪽 눈을 잃은 뒤부터는 의안을 끼우고 있으며, 육

안보다 우수하다는 이유로 재생 치료를 받지 않는 인물이다.

진한 보라색 머리카락을 허리까지 길렀으며, 몸매는 더그에게도 지지 않는 근육질이었다.

더그나 팀과도 오랫동안 알고 지낸 여자다.

"거만한 외부자를 상대로 고생이 많네."

제시카가 말하는 외부자는 번필드가가 영입한 제국군 사관들이다.

군을 재편할 때 번필드가가 영입한 진짜 제국 군인들이다.

현재 번필드가의 사설군은 그들과 기사들이 중핵을 담당하고 있다.

그리고 중핵에 있는 기사도 대부분 외부에서 모은 자들이다.

옛 군대 출신인 더그 일행 입장에서는 외부자가 거만하게 구는 것으로밖에 안 보였다.

더그가 술을 마시고 있으니, 제시카가 말을 걸었다.

"더그, 너희 소대의 아가씨, 기함에 호출된 이후로 돌아오질 않고 있다면서? 무슨 일을 저지른 거야?"

화제에 오른 건 메레아에 배속된 기사, 아가씨라 불리고 있는 엠마에 대한 이야기였다.

더그는 쓴웃음을 지었다.

"자세히는 모르겠지만, 저쪽에서 훈련받고 있대."

"왜?"

"난 모르지. 몰리를 통해서 알았는데, 높으신 기사 양반이랑 트레이닝하고 있단다."

"손님 세 명은 돌아왔잖아? 아가씨, 사고라도 친 거 아냐?"

"아무래도 상관없어. 차라리 그대로 기함에 배치되는 편이 본인에게 더 도움이 될 거다."

더그 입장에서 보면 엠마는 메레아 같은 좌천지에 있어야 하는 기사가 아니었다.

팀 대령이 끼어들었다.

"그거 좋군. 아탈란테를 보내줄까. 우린 어깨가 가벼워지는 거지. 아탈란테를 받는 김에 라쿤도 가져갔으면 좋겠군. 신형기를 들고 후방으로 물러나면 아군한테서 불평이 대량으로 날아드니 말이야."

팀 대령은 특수기를 쥐고 있다가 격전지로 파견되는 꼴은 도저히 참을 수 없는 모양이었다.

생존율을 생각하면 라쿤조차 버겁다고 생각하는 듯했다.

다만 제시카는 반대인 것 같았다.

"난 이제 모헤이브 시절로는 돌아가고 싶지 않은데."

팀 대령이 술을 홀짝홀짝 마시면서 말했다.

"사치에 익숙해졌나? 더그도 뭐라 말 좀 해줘라."

팀 대령을 보고 더그는 웃었다.

"미안하지만 나도 제시카랑 같은 의견이야."

파일럿 두 명에게 부정당한 팀 대령은 술을 단숨에 다 마시더니 제시카한테서 병을 빼앗아 자작했다.

"정비도 똑바로 안 하는 주제에 잘도 말하는군."

홧김에 술을 마시기 시작한 팀 대령을 방치하고 제시카가 더그에게 말을 걸었다.

"더그, 너 아가씨를 동정하고 있지?"

"엉?"

더그는 시치미 뗐는데, 제시카는 비난할 생각은 없다고 말했다.

"딱히 배신자라고 욕할 생각은 없어. 그 아가씨가 적합한 곳에 갔으면 좋겠다고 생각하는 건 네 마음이니까. 나도 그 의견엔 찬성이야. 그 아가씨가 이대로 눌러앉으면 우린 언젠가 우주쓰레기가 될 테지."

엠마 탓에 격전지에 가고, 격추당해 우주를 떠도는 쓰레기가 된다.

엠마에게도 메레아에게도 좋지 않다고, 제시카는 생각하고 있었다.

그래서 더그에게 부탁했다.

"차라리 차갑게 밀어내면 이상한 꿈을 꾸지 않고 배치 변경을 희망할 거야. 돌아오면 아가씨를 위해서라도 차갑게 대해."

더그는 제시카의 제안을 받아들이기로 했다.

"──그래, 알았어."

(아가씨를 위해서라고는 해도, 차갑게 대해서 쫓아낸다니──음험하기 짝이 없군.)

옛 군대에 있었을 시절엔 더그도 음험한 수단을 싫어했는데,

지금은 망설이지 않고 받아들인 자신이 한심해졌다.

(난 언제부터 이렇게 썩어빠진 놈이 된 걸까.)

자신에게 화를 낸 더그는 팀 대령한테서 술병을 빼앗아 자신의 잔에 술을 따라 한 번에 다 마셨다.

◇

"이도류도, 쌍권총도 소용없었어. 다른 무기로 바꿔야 해. 아니, 무기만으로는 부족해. 다른 뭔가를……."

트레이닝이 끝나고 기함의 복도를 걷는 엠마는 혼잣말을 중얼거리고 있었다.

매일 한계까지 마리에게 훈련받아 정신과 육체가 서서히 한계에 몰리고 있었다.

사실은 한계라 말하고 포기하고 싶었지만, 강해지는 건 포기할 수 없었다.

"좀 더 무기를…… 나한테 잘 맞는 무기가 있으면."

엠마는 비틀거리며 걷고 있었지만, 기함의 승조원들은 스쳐 지나가도 놀라지 않았다.

엠마가 마리에게 훈련받고 있다는 걸 알고 있기 때문이다.

한계가 와서 엠마가 벽에 기대자 빨간 여성 정장을 입은 여자가 달려왔다.

"잠깐만, 괜찮아?"

"네? 아아, 감사합니다."

군복이나 작업복 차림이 아닌 인물을 보고 놀랐지만, 엠마는 고맙다고 인사하고 괜찮다며 어필했다.

"고맙습니다. 훈련한 뒤라 지쳐서요."

쓴웃음을 짓는 엠마를 보는 여자는 어째 즐거워했다.

"마리 중장의 기대를 받는 여기사가 있다고 들었는데, 혹시 네 얘기일까?"

질문을 받은 엠마는 계속 쓴웃음을 지었다.

"좀처럼 그 기대에 부응하질 못하고 있어요. 오늘도 얻어맞기만 하고, 한 대도 못 때렸어요."

엠마는 자조했지만, 여자는 여전히 흥미를 잃지 않았다.

"그래? 나는 여러 기사를 봐왔는데, 넌 가능성이 있다고 생각해."

"어……."

상대는 당황한 엠마의 마음을 알아차린 듯했다.

"실례했어. 난 파트리스 뉴랜즈야. 뉴랜즈 상회의 간부야."

"! 시, 실례했습니다!"

설마의 호위 대상이었다. 엠마는 황급히 경례했다.

그런 엠마에게 파트리스는 단말기로 자신의 연락처를 보냈다.

"장래에 출세하면 뉴랜즈의 파트리스를 잘 부탁해."

파트리스는 호위를 데리고 떠났다.

엠마는 대상회의 간부와 대화했다는 실감이 나지 않았다.

뉴랜즈 상회의 간부가 일개 기사인 엠마에게 기대하고 있다는 이야기는, 누구에게 해도 믿어주지 않을 것이다.

파트리스는 무려 귀족과 군을 상대로 장사하는 인물이다. 개인을 주목한다면, 최소 유명한 에이스 정도는 돼야 할 것이다. 아니면 조직의 요직에 있는 자이거나.

"뉴랜즈 상회의 파트리스 씨……. 어른스러운 사람이네."

트레이닝의 피로 탓에 엠마는 사고력이 저하되어 있었다.

파트리스를 보고 있으니 떠올리고 싶지 않은 사람의 얼굴이 떠올랐다.

달리아 용병단의 시레나다.

미운 사람을 떠올려 자연스럽게 손을 움켜쥐고 있었다.

"이제 두 번 다시 지지 않아. 이번에야말로 이기는 거야. 그러기 위해 강해질 거야."

엠마는 완전히 지쳐 있었지만, 시레나를 떠올리자 몸에 힘이 돌아왔다.

◇

그리고 며칠 뒤.

링 위에서 마리와 대치한 엠마는 숨을 헐떡이며 괴로워하고 있었다.

눈앞에 선 마리는 평소대로 태연했다.

하지만 오늘은 약간 달랐다.

마리가 자신의 볼을 왼손 엄지로 닦으니, 피가 약간 묻어있었다.

저절로 사나운 웃음이 지어졌다.

"좋아, 아탈란테의 파일럿. 나에게 상처를 입히다니, 어지간한 기사에겐 불가능한 일이지. 자랑스러워하세요."

무기를 쥔 엠마는 마리의 동작 하나하나를 놓치지 않으려고 필사적이었다.

눈을 크게 뜨고 마리의 움직임을 보고 있었다.

말을 하지 않는 엠마를 보고 마리는 작게 한숨을 쉬었다.

"대화할 여유는 없는 것 같네. 아쉬워라. 네 눈은 분명히 내 움직임에 따라오고 있어."

마리가 엠마에게 파고들어 주먹을 날리자, 엠마는 허둥지둥 피했다.

(보이는데! 몸이 도저히 따라가질 못해!)

엠마는 어떻게든 마리의 주먹을 피하고 무기를 휘둘렀지만, 마리는 이미 다음 행동 중이었다.

"몸이 시력을 따라가지 못하는구나. 단련이 부족해!"

엠마는 마리의 무릎이 복부에 육박하는 걸 보고 있었지만, 뒤통수를 붙잡혀 도망치지 못했다.

"커헉!!"

대량의 침을 토해내고 링을 구르며 아픔에 몸부림쳤다.

마리는 그 모습을 웃는 얼굴로 내려다봤다.

"이 정도면 에이스라 불릴 자격은 있네. 합격이야, 아탈란테의 파일럿."

합격 선고를 하고 마리는 링에서 내려갔다.

엠마는 배를 부여잡고 그 등을 향해 말했다.

"가, 감사합……니다."

그러고는 그대로 쓰러졌다.

◇

링 위에 쓰러진 엠마를 일으킨 건 헤이디와 카를로였다.

헤이디는 기절한 엠마를 보고 감탄했다.

"마리한테 합격을 받는 젊은이가 있을 줄은 몰랐는데 말이지. 이 녀석은 살아남으면 거물이 될지도 모르겠군."

헤이디가 기분 좋게 말했다.

옆에 있던 카를로도 감탄했다.

"마리의 훈련에 버티는 것만으로도 충분한데 한 방 먹었어. 얘, 이름이 로드먼이었나? 우리 쪽에 빼 오는 게 어때?"

주위의 기사들도 엠마를 호의적으로 봤다.

동료로 걸맞다, 그런 시선이었다.

헤이디는 어느샌가 자신과 동료들에게 인정받은 엠마를 보고 쓴웃음을 지었다.

"성급하기는. 일단 지금은 쉬게 해주자."

『우리의 목적은 제국군의 수송선단이다. 멋대로 우리 영역을 그냥 지나가는 시대에 뒤떨어진 멍청이들에게 심판의 철퇴를 가해라!』

행성에서 출발한 함대에서 사령관이 사기 고양을 위한 연설을 하고 있었다.

그 연설을 인간형 기동병기의 콕핏에서 조정을 하면서 듣고 있던 한 강화 병사가 있었다.

"수십 년 만에 깨어나니 수송선단 습격인가. 우주 해적이 된 기분이군."

그렇게 중얼거리는 말을 듣고 있던 건 같은 처지에 있는 강화 병사였다.

다들 번호가 있을 뿐, 이름은 없다.

강화 병사가 되었을 때 기억을 지우기 때문에, 과거의 추억도 없다.

기억은 퇴역할 때 반환된다고 한다. 그래서 자신의 과거를 되찾기 위해 싸우는 강화 병사도 있다.

말을 걸어오는 동료가 그런 사람이었다.

"여어, 네이산. 심기가 꽤 불편하네."

네이산, 그것이 동료들 사이에서 사용되는 그녀의 콜 사인이다.

"출격 전에 무슨 일이야? 신형 조정 때문에 바쁘니까 말 걸지 마."

준비된 인간형 기동병기(제국에서는 기동기사라 불린다)는 독립군이 어디서 손에 넣었는지 모르겠지만 신형이었다.

기체 번호는 SG—F04이며 글래디에이터라는 이름이 붙었다.

통일군은 심플하고 투박한 디자인을 선호하지만, 새로운 기체는 날씬하고 양어깨가 컸다.

특징적인 건 양 어깨의 플렉서블 부스터다.

양어깨에 부착된 부스터가 글래디에이터의 기동성을 끌어올려 복잡한 기동을 구현한다.

양산기로서 녹색 계열의 색으로 통일되어 있었지만, 네이산의 기체는 특별히 주문했는지 네이비블루였다.

지휘관기를 구별하기 위함이겠지만, 이전의 통일군에선 볼 수 없는 기조였다.

요 수십 년 동안 무슨 일이 있었지?

네이산은 통일군의 디자인 변경에 조금 당황하고 있었다.

하지만 성능은 확실했다.

"이전에 탔던 기체보다 성능이 좋아. ……나쁘지 않아."

기체를 조정하면서 감상을 말했는데, 상대가 네이산의 얼굴을 들여다보고 있었다.

"뭐지?"

맴도는 게 귀찮아서 상대하자, 남자는 의문을 표했다.

"네 콜 사인에 대해서 언젠가 물어볼 생각이었어. 왜 네이산이지?"

"알아서 어쩌려고?"

네이산이 되묻자, 남자가 졸랐다.

"부탁할게! 매번 물어보는 걸 잊어버리다가, 콜드 슬립 전에 떠올려서 후회해. 너도 이런 경험은 한 번쯤 있지 않아?"

"난 없어."

쌀쌀맞게 대답했지만 남자는 물고 늘어졌다.

"부탁할게. 어차피 싸움이 끝나면 또 콜드 슬립이야. 다음이 있을지도 알 수가 없다고."

이들에게 다음 기회가 돌아올지는 불명하다.

남자의 끈기에 진 네이산은 가르쳐줬다.

"특별한 의미는 없어. 그냥 네이산이라고 불렸던 것 같은 기분이 들 뿐이야."

"기억이 남아있는 건가? 좋겠네. 우리에게 기억은 귀중한 거라고."

"그냥 그렇게 불렸다는 기억만 있을 뿐이야. 달리 생각나는 건 아무것도 없어."

남자는 약간 쓸쓸한 듯이 웃고 있었다.

"그런가. ──있잖아, 만약 살아남으면 날 기억해 줄래? 나도 널 잊지 않을 거라 맹세할게."

네이산은 심하게 귀찮다는 듯 대답했다.

"너 같은 별종은 잊고 싶어도 잊을 수가 없어."

네이산의 대답을 듣고 남자는 기쁜 듯이 씨익 웃었다.

"고마워, 네이산! 이제 미련 없이 싸울 수 있어."

"재수 없는 소리 하지 마."

둘이 대화하고 있으니 이번 상관이 격납고에 나타났다.

강화 병사를 도구로 생각하는 거만하고 짜증 나는 상관은 모두 앞에서 호통치듯이 말했다.

"준비는 끝냈냐, 강화 병사 인형 놈들아! 빨리 기체에 타라!"

아무래도 출격 시간이 온 모양이다.

남자가 자신의 기체로 향하자, 네이산은 해치를 닫았다.

호위 함대의 기함에서 브릿지에 마련된 사령관용 좌석에 앉은 마리는 기분이 좋았다.

싱글벙글하는 마리를 보고 섬뜩함을 느낀 헤이디가 말했다.

"오늘은 기분이 좋네."

"후진 육성도 가끔은 좋더라. 헤이디, 너도 몇 명인가 키워봐."

"놀랍네. 마리가 젊은이 교육에 관심을 가질 줄은 몰랐는데."

"변덕이야. 또 같은 일을 하라고 하면 거절할 거야."

"……자기는 거절하는데 나한테는 키우라고 명령하는 거냐."

헤이디가 불만스러운 표정을 짓는 걸 보고 마리는 웃었다.

"내 감인데, 넌 좋은 교관이 될 수 있을 거야."

"난 지금이 마음에 드니까 사양할게. 내가 빠지면 까다로운 널 누가 돌봐주냐?"

헤이디가 농담하자 마리는 미소 지으면서 본모습을 드러냈다.

"큭큭, 입만 살아서는."

농담하면서도 두 사람 사이에는 확실한 신뢰 관계가 존재했다.

두 사람 사이에 온화한 분위기가 감돌자, 헤이디가 물었다.

"하나 물어봐도 될까? 왜 천재 양이 아니라 아탈란테의 파일럿을 고른 거야? 훈련을 시킨다면 천재 양을 고를 줄 알았는데?"

"어머, 불만이었어?"

"아탈란테의 파일럿보다 천재 양이 더 잠재력이 있다고 생각했으니까 의아했을 뿐이야."

엠마는 훈련을 거치며 강해졌지만, 그건 샤르를 훈련시켰어도 마찬가지였을 것이다.

헤이디는 오히려 샤르가 더 강해졌을 가능성도 있다고 생각하고 있는 것 같았다.

"근성도 있고 눈도 좋긴 했지. 하지만 아무래도 마리가 그 애를 고른 이유가 그것만 있을 것 같진 않거든."

부하의 의문에 마리는 잠시 생각한 후…… 웃음을 짓고 대답했다.

"내가 마음에 들어서 골랐다고 해도 납득하지 않을 거지?"

"그래."

"그분이 선택하셨다고 해도?"

"그건 핑계지. 실험기의 파일럿이라는 점이 네게 중요한 건 아니잖아?"

물고 늘어지는 헤이디의 끈기에 져서 마리는 어깨를 으쓱였다.

"간단해. 그 애를 선택한 이유는 말이지——."

그때, 브릿지의 승조원이 뭔가 알아차렸다.

"데브리인가? 아니, 너무 숫자가 많은데."

상태가 이상하다는 걸 알아차린 헤이디가 움직이려고 하는 것보다 먼저 마리가 일어나서 명령을 내렸다.

그건 직감이었다.

"적이네. 제1종 전투 배치. 전함, 뉴랜즈의 수송함을 지키라고 알리세요. 아무래도 이번엔 좀 귀찮아질 거야."

마리가 바로 적이라 판단하자 헤이디의 표정도 변했다.

"때를 못 맞추는 놈들이군. 부대 출격 준비를 서둘러라."

"부탁할게. 그리고 아탈란테의 파일럿은 아직 우리 쪽에 있지?"

"그래, 하지만 지금 상태로는——."

헤이디가 엠마를 메레아에 보내는 걸 주저하고 있으니, 마리는 상관하지 않고 명령했다.

"소형정에 태워서 메레아에 보내. 가서 곧장 출격하라고 해."

"괜찮겠어? 지친 상태일 텐데."

헤이디가 출격을 미루라고 말했지만, 마리는 엠마를 믿고 있었다.

"이 정도로 쓰러질 만큼 어설프게 키운 적 없어."

마리가 단언하자 이 이상은 무의미하다고 느꼈는지 헤이디가 명령을 실행했다.

"알았어."

두 사람의 대화가 끝난 타이밍에 오퍼레이터가 적의 접근을 알렸다.

"소속 불명의 함대가 접근합니다. 통일군이 아닙니다!"

마리는 그 말을 듣고 양쪽 입꼬리를 올리며 웃었다.

"자, 왔구나."

◇

초대형 수송선의 브릿지.

파트리스는 경보 소리에 황급히 브릿지에 뛰어 들어왔다.

머리카락과 복장이 조금 흐트러져 있었고, 가슴의 골짜기도 평소보다 더 노출되어 있었다.

"또 우주 해적의 습격?!"

적은 우주 해적인가? 그렇게 확인하는 질문에 선장이 고개를 젓고 부정했다.

그는 뉴랜즈 상회에서 오랫동안 일한 베테랑으로, 파트리스가 의지하는 인물이었다.

"해적이라기에는 장비가 너무 좋습니다. 아무래도 소문으로 듣던 반란군인 것 같습니다."

"반란군?! 왜 놈들이 여기에 있는 거야! 그리고 놈들이 군대를 가지고 있다는 말은 못 들었어.”

독립운동을 일으킨 녀석들이 왜 군대를 보유하고 있는가?

그런 의문에 선장이 예측을 섞어 대답했다.

“주둔군도 현지의 주민을 채용하니까요. 사용하는 건 통일군이 불하한 병기일 테지만, 일단은 훈련받은 놈들입니다. 또 통제가 잘 되고 있다면 우주 해적 놈들보다 성가실 겁니다.”

군인이 타락해서 우주 해적이 된 자들도 있지만, 그들은 군 생활에서 벗어난 기간이 길면 길수록 위협도가 떨어진다.

군대란 많은 지원을 받아야 비로소 기능하며, 그 지원을 잃은 군대는 약해지기만 한다.

하지만 독립운동이 일어난 지 얼마 안 됐다면 그들의 질은 높은 그대로일 것이다.

독립을 주창하고 있으니 어쩌면 사기도 높을지도 모른다.

파트리스가 모니터를 확인하니, 확실히 통일군의 함정뿐이었다.

구식 불하품이 대부분이지만, 정규군의 현행 주력함도 섞여 있었다.

“주력함도 많네. 어라? ……용병까지?”

통일감 있는 함대의 끄트머리를 보니, 거기엔 통일감 없는 함정 집단이 있었다.

파트리스는 경험상 용병이라 판단했다.

선장은 떨떠름한 표정을 짓고 있었다.

“용병단의 움직임을 보고 있는데, 아무래도 실력자 같습니다.

성가시군요. 저희 항로를 알고 매복하고 있었던 점도 신경 쓰이고요."

선장의 말을 듣고 파트리스는 어금니를 꽉 깨물었다.

"이 항로는 통일 정부가 마련한 거야. 잘도 이런 짓을 하네!"

통일 정부와의 교섭이 예정되어 있어서 항로도 상대측이 준비했다.

잠시나마 통일 정부가 배신했나 하는 생각이 머리를 스쳐 지나갔다.

파트리스는 이 상황을 타개할 수 있는지 선장에게 확인했다.

"호위가 버틸 수 있을 것 같아?"

"번필드가의 실력이 어떠냐에 따라 다르겠지만, 수적으로 불리한 건 사실이죠."

그냥 우주 해적들로 모자라, 이제는 독립을 주창하는 반란군까지 상대하는 신세라니. 파트리스는 두통을 느꼈다.

"파견된 기사님의 실력이 좋길 빌죠."

파트리스의 승리 조건은 상당히 까다롭다.

대형 수송함을 단 한 척도 잃지 않고 통일 정부와의 교섭을 성공시켜야만 한다.

한 척이라도 잃으면 파트리스에겐 패배나 마찬가지다.

마리 마리안이 이 상황을 타개하지 않으면, 살아남는다고 하더라도 뉴랜즈 상회에서 자신이 설 곳이 없어진다.

파트리스는 브릿지의 모니터로 전장의 추이를 지켜볼 수밖에 없었다.

그때 파트리스의 단말기에 메시지가 왔다.

"이런 때에 누구야…… 아니, 걔잖아?"

엠마한테서 온 메시지였다.

이 긴급한 상황인데 주문을 넣은 모양이었다.

"이런 때에 상품을 달라고? 바보 아냐?"

파트리스는 전투가 한창인 와중에 물건을 달라고 하는 엠마에게 사납게 욕하면서도, 한편으로는 입가에 웃음이 맴돌았다.

"좋아. 선장, 주문받은 상품을 전달하자. 수송기를 보낼 거야."

파트리스의 이야기를 들은 선장은 귀찮다는 표정을 지었다.

"전투 중에요?"

"미사일이 날아다니는 중에도 상품을 전달하는 게 뉴랜즈의 모토야. 그만큼 할증은 붙겠지만."

호위 함대를 이끄는 기함의 격납고에는 소형 고속정에 탄 엠마의 모습이 있었다.

파일럿 슈트는 기함에서 준 것이라, 보라색 기조라서 평소와 분위기가 달랐다.

엠마는 평소보다 더 침착했고, 양쪽 허벅지에는 홀스터에 든 권총 두 자루가 있었다.

소형 고속정으로 모함으로 돌아가려고 하는 엠마를 배웅하러 온 사람은 부사령관인 헤이디였다.

"미안하지만 기동기사는 여분이 없어. 불안하겠지만 이걸 타고 돌아가."

소형 고속정이라는 이름이 붙긴 했지만, 그 모습은 거의 전투기였다.

기동기사가 전장에서 활약하게 된 뒤부터는 수가 줄어버린 병기다.

그래도 활약할 수 있는 상황이 남아있어서 이렇게 사용되고 있다.

"이래저래 감사합니다."

엠마가 경례하자 헤이디가 약간 놀라고—— 부끄러운 듯이 경례했다.

아마 마리 일행 사이에서 경례는 새삼스러운 일일 터다.

"처음 왔을 때와는 전혀 다른 사람이군. 마리의 전언이 있다. '아탈란테의 파일럿, 자신의 주장을 밀고 나가고 싶다면 자기 가치를 보여라'. 뭐, 무리하지 않는 선에서 힘내라고."

헤이디가 멋쩍은 듯이 말하자 엠마는 미소를 짓고 대답했다.

"네. 신세 많이 졌습니다."

"그리고 이건 내 조언이다. ——상대를 바꾸는 것보다 자신을 바꾸는 게 편해. 지금의 메레아를 바꾸고 싶다면, 자신이 어떻게 해야 하는지 알고 있겠지?"

헤이디의 조언을 듣고 엠마는 고개를 숙이면서 대답했다.

엠마에게도 각오가 필요한 일이었다.

"──네."

받아들인 엠마를 보고 헤이디는 약간 안심한 듯한 표정을 보였다.

"열심히 하라고."

헤이디가 소형 고속정에서 떠나가자, 엠마는 해치를 닫았다.

콕핏에서 혼자가 된 엠마는 기함에서 배운 것을 되새겼다.

헤이디가 말한 대로 기함에 호출됐을 때와는 표정이 달라져 있었다.

"마음대로, 오만하게. ──나는 나의 정의를 추구한다."

출발 허가가 나자 엠마는 조종간을 쥐고 기체를 우주로 띄웠다.

◇

경보가 울려 퍼지는 메레아의 격납고.

출격 준비를 끝낸 러셀이 콕핏 해치를 열고 밖에 나와 있었다.

분개한 모습으로 주위에 큰소리치고 있었다.

"출격하지 말라니, 무슨 뜻이냐! 기함에서 출격 명령이 떨어졌다고!!"

러셀이 격노한 이유는 메레아의 사령관이 출격을 허가하지 않았기 때문이다.

정비병들이 기체를 고정해 놓은 탓에 출격하고 싶어도 할 수 없었다.

원래라면 팀 대령의 허가가 없어도, 러셀은 독자 권한으로 출격할 수 있었다.

하지만 기체가 없다면 다 무의미하다.

아군함의 설비와 해치를 파괴하고 출격하는 방법도 있지만, 그런 짓을 하면 전투 후에 모함에 돌아갈 수 없게 돼버린다.

주위의 정비병들은 자기들끼리 서로 얼굴을 마주 보며 귀찮다는 표정을 하고 있었다.

"우리의 최고 상관은 팀 대령님이다. 너희의 명령은 못 들어주겠어."

"엘리트님들은 혈기왕성해서 곤란하구먼."

"출격시키지 않는 팀 대령님의 상냥함을 모르는 놈들이야."

러셀은 어금니를 꽉 깨물고 콕핏으로 돌아갔다.

샤르는 콕핏 안에서 기막혀했다.

통신 회선이 연결되어 있어서 샤르의 콕핏의 모습이 보였다.

『왜 우릴 이런 함에 배치한 건지 상층부에 확인하고 싶어지네요. 아아~, 이번엔 특별 수당은 없나~.』

욤도 약간 분노를 느낀 듯했다.

『출격시키지 않는 상냥함? 잘못 베푼 호의는 폐가 된다는 걸 알았으면 하네요.』

러셀은 콕핏 안에서 속이 뒤틀렸지만, 부하들 앞이라 자제했다.

"옛 군대의 굼벵이 놈들한테 이렇게까지 발목을 잡히는 건가."

◇

옆에서 러셀 소대의 모습을 보고 있던 더그는 하품하면서 느긋하게 출격 준비를 하고 있었다.

"이번엔 아가씨가 없으니 출격할 일도 없겠지."

메레아는 습격 직후 독자적인 판단으로 후방으로 물러났다.

엠마가 없으니 자발적으로 출격하려는 사람도 별로 없었다.

래리는 출격 준비만 끝내고 콕핏에 앉아있었다.

모니터에 래리의 얼굴이 표시되어 있는데, 뭔가 알아차린 듯했다.

『해치가 왜 열리지? 어, 웬 수송기가 왔어요.』

"뭐야? 전투 중에 어떤 멍청이냐?"

메레아의 해치가 열리자, 거기로 수송기가 들어왔다.

수송기는 바로 컨테이너 해치를 열더니 짐을 내리기 시작했다.

정비병이 무슨 일이냐며 모여들자, 수송기에서 내린 작업자가 몰리를 지명했다.

『몰리 바렐 일등병 계십니까!』

이름을 불린 몰리가 작업자에게 다가가자, 뭔가 이야기하기 시작했다.

더그가 라쿤의 집음 마이크로 소리를 포착했다.

『전데요.』

『수취 사인 부탁드립니다.』

『네? 이게 다 뭔데요?』

『당신 소대의 대장님이 뉴랜즈에 주문한 물건이에요. 아탈란테에 설치 작업 보조도 요금에 포함되어 있으니 이대로 작업에 들어가겠습니다.』

작업자들이 움직이기 시작했지만, 몰리는 머리가 따라가지 못했다.

『엠마가 보냈다고요?! 하지만 엠마는 메레아에 안 돌아왔는데요?』

『거기까진 못 들었습니다.』

작업자들이 아탈란테에 달라붙자, 몰 리가 멋대로 만지지 말았으면 좋겠다고 외치면서 연결 지시를 내렸다.

『잠깐! 거기, 파손하면 변상시킨다! 무기 연결이라면 내 지시에 따라줘야겠어!』

어수선한 모습을 보고 있던 더그는 어이가 없었다.

"뉴랜즈라니? 그 아가씨, 상가에 의지한 건가? 무슨 생각을 하는 거지?"

뉴랜즈의 작업자들은 서둘러 일을 끝내더니 수송기를 타고 돌아갔다.

남겨진 몰리는 아탈란테에 설치된 새 장비를 봤다.

"조정도 안 한 무기를 실전에서 쓸 생각인가? 심지어 이런 걸 고르다니, 엠마의 센스는 독특하네."

아탈란테의 신병기는 기동기사용 쌍권총이었다.

총열과 수평이 되도록 위아래에 블레이드가 부착된 게 특징이지만, 기동기사의 덩치를 생각하면 단검 정도의 길이밖에 안 된다.

총검── 소총에 단검을 장치한 무기는 있고 실제로 사용되고 있지만, 엠마가 지정한 무기와는 다르다.

허리 뒤에 단 홀스터에는 암이 설치되어 있어서 무기 수납을 편하게 할 수 있게 되어 있다.

"만듦새가 좋네. 뉴랜즈의 무기는 품질이 좋구나."

몰리는 문제가 없는지 체크했지만, 상태가 완벽한 쌍권총에 감탄하기만 했다.

몰리가 엠마를 위해 아탈란테의 출격 준비를 하고 있던 차에 함선이 약간 흔들렸다.

"직격했나?"

몰리가 얼굴을 들자, 래리가 콕핏에서 모습을 보였다.

"데브리랑 충돌한 거 아냐? 아, 하지만 방어 필드를 관통할 위력이 나올 리가 없는데? 조종을 실수했나?"

래리가 불평했고, 브릿지에서 알림을 들은 더그가 얼굴을 찌푸리고 있었다.

"래리의 예상이 빗나갔군. 원인은 아가씨다. 소형 고속정으로 갑판에 착함했대. 브릿지는 난리가 났다고. 착함 대기하라고 했는데 명령을 무시했대."

　그 말을 듣고 래리는 한숨을 쉬었다.

　"그 녀석은 뭘 하는 거야."

　엠마가 또 실패했다는 분위기가 주위에 퍼졌다.

　그 엠마가 바로 격납고에 찾아왔다.

　팀 대령이 브릿지로 출두하라는 명령을 내린 모양이지만, 무시하고 격납고에 나타났다.

　몰리는 엠마가 돌아와서 처음엔 기뻐했지만, 금방 평소와 분위기가 다르다는 걸 알아차렸다.

　"엠마…… 맞지?"

　보라색 파일럿 슈트 때문에 분위기도 달랐지만, 평소엔 좀 더 차분함이 없다는 인상이 강했다.

　그런데 오늘은 당당했다.

　무단 착함에 소환 명령 무시까지 했는데 말이다.

　"몰리, 도착한 무기는 설치했어?"

　아탈란테의 콕핏 근처에 도착한 엠마는 몰리에게 기체의 상황을 확인했다.

　몰리는 분위기가 다른 엠마에게 약간 주눅이 들었다.

　"어, 그러니까, 기체 상태는 괜찮아. 주문한 장비도 장착했고. 그런데 조정이 안 돼 있어서 보증은 할 수 없어."

대답을 어려워하는 눈치인 몰리를 보다 못했는지, 더그가 콕핏에서 나와 다가왔다.

"아가씨, 조바심이 나는 건 이해하지만 출격 준비 정도는——."

엠마는 더그의 멱살을 잡고 억지로 잡아당겨 얼굴을 가까이 댔다.

코를 실룩거리더니 술 냄새를 감지하고 눈살을 찌푸렸다.

"출격 전인데도 마셨군요?"

엠마가 째려보자 더그는 당황해서 횡설수설했다.

"아니. 이건."

난처한 표정을 지은 더그를 밀쳐낸 엠마는 그대로 얼굴을 돌렸다.

"더그 준위는 출격하지 않아도 됩니다. 대기소에서 술기운이 빠질 때까지 얌전히 있어요."

"뭐?!"

출격하지 말라는 말을 들은 더그가 엠마의 말투에 화를 내며 얼굴을 찌푸렸다.

가까이에 있던 몰리는 당황해서 중재하지 못했기 때문에, 이번엔 래리가 콕핏에서 나왔다.

"이봐, 대장. 늦게 와 놓고 그 태도는 아니잖아."

엠마는 달려드는 래리의 팔을 잡고 던져버렸다.

무중력 상태인 격납고에서 래리가 회전하면서 행거의 기둥에 부딪치고 발버둥을 쳤다.

"아얏?! 뭐 하는 거야!!"

엠마는 소리치는 래리를 날카로운 눈빛으로 보면서 차갑게 말했다.

"출격 준비가 안 된 부하를 대기시켰을 뿐입니다. 래리 준위, 예정되어 있었던 트레이닝을 수행하지 않았죠? 대기소로 가세요."

자신의 단말기로 래리의 상황을 확인한 엠마는 담담하게 대기하라고 명했다.

래리는 예전에 자신을 깔본 기사를 떠올렸을 것이다.

몰리의 눈에는 래리가 엠마에게 증오와 같은 감정을 품은 것처럼 보였다.

"기사가 그렇게 잘났냐고! 너도 날 멸시하는 거냐!"

소란스러운 소리를 듣고 모여든 메레아의 승조원들은 엠마에게 차가운 시선을 보내고 있었다.

어느샌가 러셀 일행도 콕핏에서 얼굴을 내밀고 있었다.

진지한 표정으로 엠마를 보는 러셀.

샤르는 이 상황을 오히려 즐기고 있었다.

"어머나, 모함의 승조원들한테 미움을 샀네. 기체에 폭탄을 설치하지 않으면 좋겠는데."

정비병을 적으로 돌린 파일럿은 좋은 꼴을 못 본다.

하물며 여기는 메레아── 군대 구실도 못 하는 집단이다.

엠마의 행동이 충동적으로 보인 샤르는 미래를 상상하고 즐거워하는 것 같았다.

하지만 엠마는 래리에게 사죄 따위는 하지 않았다.

"——착각하고 있군요, 준위. 전 중위이고 당신의 상관입니다. 그리고 출격이 허가되지 않는 원인을 만든 건 준위입니다."

정론을 들은 래리는 감정적으로 변해갔다.

"?! ……역시 너도 다른 기사와 똑같아. 다른 사람을 바보 취급하고 깔보는 변변찮은 놈이야! 거기서 선배 기사한테 일반병은 깔보라고 배웠나? 잘난 듯이 말한 주제에 벌써 마음이 변한 거냐!"

평소의 엠마였다면 큰소리치는 래리를 보고 낙담했을지도 모른다.

하지만 오늘의 엠마는 평소와 달랐다.

당당하게—— 래리뿐만 아니라 메레아의 승조원에게 말했다.

"다른 사람을 깔보고 있는 건 누구죠? 정해진 규칙도 안 지키고, 그러면서 대우와 급여는 받고 있죠. 해야 할 일도 하지 않는데 불평만큼은 질리지도 않고 하네요. 자신에게 전혀 잘못이 없다고 믿고 있는 건가요? 아니면 세게 말하면 제가 물러날 거라고 기대하는 건가요? 절 깔보고 있었던 건 당신이에요, 래리 준위."

"무슨…… 젠장."

래리는 이렇게까지 말할 줄은 예상하지 못했는지 눈을 크게 뜨고 놀라고 있었다.

엠마에게 정곡을 찔려 반박하지 못하는 것 같았다.

다음으로 엠마는 더그 쪽으로 시선을 돌렸다.

모멸이 아닌 슬픈 듯한 눈빛이었다.

"옛날의 당신들이 지금의 모습을 보면 분명 경멸할 겁니다. 자기들이 싫어했던 상층부와 똑같이 썩었으니까!"

옛날 상층부와 똑같다는 말을 들은 더그는 머리에 피가 거꾸로 솟아 엠마에게 다가가 멱살을 잡았다.

"너 같은 계집애가 뭘 안다고! ……너?"

이마끼리 부딪칠 수 있는 거리까지 얼굴을 가까이 대서 더그는 엠마의 눈동자가 젖어 있다는 걸 알아차렸다.

태도가 갑자기 변했다고 생각하고 있었는데, 본인도 무리하고 있는 모양이다.

엠마는 더그를 밀쳐내서 거리를 두고 약간 떨리는 목소리로 말했다.

"언제까지 눈을 돌려야 직성이 풀리죠? 저 같은 계집애가 멋대로 떠드는 말을 잠자코 들어야 하는 게 당신들의 현실이에요!"

말을 다 하자 엠마는 조용히 아탈란테의 콕핏으로 들어가 버렸다.

그 모습을 지켜보는 더그는 어금니를 꽉 깨물고—— 손을 움켜쥐고 있었다.

뭔가 대답을 하려고 했을 것이다.

하지만 대답하지 못하고 근처에 있던 컨테이너를 후려갈겼다.

몰리가 어깨를 움찔했는데, 더그도 래리도 흥분해서 주위가 보이지 않았다.

메레아의 승조원들도 엠마에게 화가 난 얼굴을 하고 있었지만,

이들을 괴롭혔던 옛 군대의 상층부와 똑같다는 말을 들은 게 어지간히 충격인 듯했다.

쓸쓸한 표정을 짓고 있었다.

보고 있던 샤르가 한숨을 쉬었다.

"이걸로 끝? 시시해라~."

샤르는 좀 더 질척질척한 현장을 보고 싶었겠지만, 욤은 끝나서 안도하고 있었다.

"더 분위기가 나빠질 줄 알았는데, 다행이네요."

러셀은 엠마의 변화에 약간 놀라고 있었다.

그리고 콕핏으로 머리를 돌렸다.

"자신을 돌아볼 정신은 남아있다는 건가."

◇

콕핏에 들어간 엠마는 손끝으로 눈물을 닦고 있었다.

지금까지는 사이좋게 지내려고 노력했지만, 마리에게 배우고 깨달았다.

자신의 미숙함이 메레아의 승조원들을 군대에 얽어매서 더욱 가혹한 전장에 데려오고 말았다는 것을.

"결국 난 이상적인 대장은 되지 못했구나."

엠마가 마음에 그리던 것은 부하들에게 사랑받는 대장의 모습이었다.

얄궂게도 러셀 소대가 이상에 가까웠지만, 엠마 같은 경우에는 상황이 허락하지 않았다.

엠마는 자신을 타일렀다.

"약한 모습을 버려. 모두가 살아남는 게 지금의 내 이상이야."

전에는 다정한 대장이 될 수 있도록 노력했지만, 이제는 모두를 생존시키는 대장이 되기로 정했다.

메레아의 승조원을 살려서 돌려보내려면 자신뿐만 아니라 주위 사람들에게도 엄격하게 대하는 수밖에 없다.

엠마는 주위 사람들을 엄하게 대하는 게 괴로웠지만, 그게 응석을 부리는 것이라고 마리에게 배웠기 때문이다.

"이걸로 된 거야. 지금은, 이게 내 답이니까."

　아탈란테의 콕핏에 들어간 엠마는 집중하기 위해 심호흡을
했다.

　"——메레아의 가치를 보인다. 지금은 그것만 생각하면 돼."

　격납고에 돌아가자마자 메레아의 승조원들에게 차갑게 굴었다.

　너무 심하게 말했다는 자각도 있고, 엠마도 전부 진심이 아니
었다.

　하지만 엠마는 말해야만 한다.

　자신의 이상을 관철하는 길을 선택했으니까.

　"여기서 다시 일어나지 못하면, 이제 군은 메레아를 버릴 거야."

　메레아의 승조원들은 의욕이 없지만, 엠마는 그렇게까지 싫어
하진 않았다.

　왜냐하면 예전엔 번필드가를 필사적으로 지켜왔다는 사실이
있기 때문이다.

　마음이 꺾여버린 그들에게 적어도 손을 내밀고 싶다.

　지금까지 그런 마음으로 노력했다.

　하지만 마음만으로는 부족했다.

　"정의의 기사가 되기 위해 난 내 고집을 밀고 나갈 거야. 누군
가를 위해 싸우는 힘을 보여주는 거야!"

　표정이 진지해진 엠마는 브릿지와의 통신 회선을 열고 사령관
에게 부탁했다.

"여기는 엠마 로드먼 중위입니다. 브릿지, 메레아는 함대에서 너무 떨어져 있습니다. 메레아를 지정 포인트까지 움직여 주세요."

그렇게 말하면서 가야 할 공역을 지시하자, 모니터에 비친 오퍼레이터가 말을 잃었다.

한 박자 늦게 호통이 돌아왔다.

『아가씨, 언제부터 그렇게 잘나지셨나? 고작 중위가 브릿지에 지시하다니, 제정신인가?』

목소리가 위협적이었지만 엠마는 아무렇지 않은 척 대답했다.

"사령부의 명령에 따르면, 메레아는 규정 위치를 벗어났습니다. 현 상황은 명령 위반입니다."

『뭘 안다고 잘난 듯이 지껄이는 거야?』

오퍼레이터가 뭔가 큰소리치려고 하자, 팀 대령이 통신을 바꿨다.

『중위, 메레아는 이대로 후방에서 대기한다.』

"왜죠? 후방으로 물러나서 아군이 고전하는 모습을 보고 있을 겁니까?"

『그렇다.』

사령관은 전혀 부끄러워하는 기색 없이 대답했다.

『우린 지금까지 어떤 불합리한 명령에도 따라왔다. 중위는 아직 지옥을 모르기에 그럴 수 있는 거다.』

옛 군대는 과거에 지옥을 봐왔다.

그건 엠마가 상상도 할 수 없는 전쟁터였을 것이다.

하지만 그게 어쨌다는 건가?

그게 고전하는 아군을 버릴 이유가 될 수는 없다.

"사령관님의 주장은 이해했습니다만, 명령 위반인 건 변하지 않습니다. 따라서, 메레아의 지휘를 기사의 현장 판단에 따라 일시적으로 대행하겠습니다."

엠마가 지휘권을 양도하라고 말하자, 팀 사령관은 눈을 휘둥그레 떴다.

『무슨 소리냐? 중위가 지휘라니?!』

엠마의 발언은 군대에서는 도저히 인정받을 수 없지만── 여긴 제국의 방식이 채용된 번필드가의 군대다.

"명령을 위반한 사령관을 방치할 수는 없습니다. 그리고 기사에겐 상황에 따라서 계급에 상관없이 부대를 통솔할 수 있는 특권이 있습니다. 지금이 그 특권을 행사할 때라 판단했습니다."

기사의 특권.

계급을 무시하고 지휘권을 잡을 수 있지만, 이 특권에는 상응하는 책임이 따른다.

문제 행동이라 인식되면 심의를 거쳐 벌을 받을 수도 있다. 함부로 쓸 수 있는 특권이 아니다.

거기까지 각오한 엠마를 본 팀 사령관은 씁쓸한 표정을 지었다.

『이 함에 중위의 명령을 들을 사람이 있다고 생각하나? 어이가 없군!』

"어이가 없는 건 접니다. 대체 언제까지 고집을 부릴 거죠?"

『뭐야?』

"군은 메레아를 개수하고 신형기도 배치했습니다. 바라던 환경을 갖춰준 군에게 이번엔 사령관님이 보답할 차례가 아닙니까?"

『아무것도 모르는 애가 거들먹거리는군. 우리가 과거에——.』

"전 지금을 이야기하고 있습니다. 이유를 대면서 도망 다닐 거면, 깔끔하게 군에서 떠나셨어야죠."

엠마의 정론에 사령관은 아무런 대답도 하지 못했다.

도망치듯이 통신을 끊으려고 하는 사령관을 앞에 두고 엠마는 어금니를 꽉 깨물었다.

(내가 단독으로 출격해도 메레아의 상태는 달라지지 않아.)

여기까지인가, 이런 생각을 하고 있으니—— 기함에서 통신이 들어왔다.

모니터에 나온 것은 부사령관인 헤이디였다.

『여긴 기함의 헤이디 준장이다. 메레아에게 고한다. 현 시간부로 엠마 로드먼 중위의 지휘하에 들어가라. 동시에, 중위에게 러셀 대위와 다른 이들의 지휘 또한 일임한다.』

러셀 소대를 써도 된다는 말을 듣고 엠마도 놀라서 말문이 막혔다.

"저, 전 중위입니다, 준장 각하. 러셀 대위의 부대를 지휘할 수 없습니다."

엠마의 반응을 예상했는지 헤이디는 해냈다는 표정을 지었다.

『그런 네게 기쁜 소식이 있다. 귀관의 계급은 현장 판단으로 일시적으로 대위로 승진시키겠다. 기사 랭크도 A로 승격이다. 마음 대로 부려먹어라, 아탈란테의 파일럿.』

"그건! ──아니, 감사합니다."

『명심해라. 이건 마지막 기회다.』

엠마를 우대하는 조치에 대한 헤이디의 의도는『이래도 안 되면 포기해라』는 뜻이다.

러셀 소대를 지휘해도 활약할 수 없다면 메레아는 포기하라고 말하는 것이나 마찬가지였다.

그리고 헤이디는 마지막으로 메레아에 못을 박았다.

『그리고 대령. 더 이상의 명령 위반은 못 본 척할 생각 없다. 이 래도 거역한다면, 승조원 전원 총살형을 각오해라.』

할 말을 다 하고 통신이 끝나자, 사령관이 좌석의 팔걸이에 주먹을 내려쳤다.

『특권 계급이라고 거드름 피우는 기사 놈들이!!』

사령관과의 통화도 끝나자, 그 후에 오퍼레이터가 정말로 싫은 듯이 말했다.

『칫! 바라는 대로 사지로 보내주지! 이러면 되냐?』

엠마는 아무렇지 않은 척했다.

"서둘러주세요. 적의 수가 많아 아군이 열세니까요."

『말 안 해도 알아.』

오퍼레이터가 씁쓸한 목소리로 중얼거렸다.

◇

　달리아 용병단의 기함.

　시레나는 브릿지에서 반란군의 함대 수를 보고 눈살을 찌푸렸다.

　"수가 예정대로 갖춰졌다면 더 편하게 일을 끝낼 수 있었을 텐데."

　이 싸움에 참가한 달리아 용병단의 수는 500척.

　반란군을 포함해서 2,000척 규모다.

　우주 해적이라면 모자란 숫자지만, 반란군은 얼마 전까지 정규군이었다.

　달리아 용병단도 시레나가 육성한 함대다.

　아무리 번필드가의 함대가 상대라 해도 승산은 충분히 있었다.

　부관이 시레나에게 동의하면서 앞일을 의논했다.

　"적도 잘 버티는군요. 두 배나 되는 적을 상대로 잘 싸워요. 지휘관이 상당한 실력자인 모양입니다."

　시레나는 단말기로 적의 지휘관을 확인했다.

　리버한테서 입수한 정보다.

　"마리 마리안 중장이네. ——어라? 제국 대학에 재적 중이라 돼 있네?"

　"대학에 다닌다고요? 그런데도 미들 네임이 없다니. 기사 후보라는 뜻입니까?"

"흔히들 말하는 사연이 있는 사람이려나? 유능한 기사를 국외에서 데려와 강제로 제국 기사로 삼은 걸지도 모르지."

"귀족은 모든 게 억지군요. 방심할 수 없을 거 같은데, 어떻게 하죠? 이대로 가면 이겨도 피해가 커집니다."

정보가 적은 기사가 지휘관이라는 말을 듣고 주위는 방심하고 있지만, 시레나는 안 좋은 예감이 들었다.

"——내 기체를 준비해. 소중하게 지키고 있는 초대형 수송선을 하나라도 파괴하면 통솔이 흐트러질 거야."

그 말을 듣고 부관이 고개를 끄덕이고 부하들에게 지시를 내렸다.

"시레나 님의 골드 라쿤 준비를 서둘러라!"

다만 시레나는 기체의 이름이 마음에 안 드는지 미간을 찌푸렸다.

"기체명은 키메라로 변경하라고 했잖아."

"네? 하지만 저 외관에 키메라는 도무지——."

"됐으니까!"

"아, 네! 단장님의 키메라 출격 준비를 서둘러라!"

◇

전장에 뛰어든 메레아를 기다리는 건 적함의 포격이었다.

아탈란테의 콕핏에는 갖가지 통신이 날아들었다.

메리아의 브릿지에서——.

『기사님 덕분에 엄청 성가시게 됐네! 어이, 방어 필드는 괜찮겠지?』

『개수를 받은 덕분에 이전보다 더 튼튼해요.』

『그럼 빨리 성가신 놈들을 쫓아내!』

엠마 일행을 성가신 놈들이라면서 쫓아내려고 하는 브릿지.

러셀 소대에서——.

『왜 우리가 저 녀석의 지휘하에 들어가는 건데?! 임시로 승진했다고 해도 우리한텐 러셀 대장이 있는데!』

샤르가 소리쳤다. 욤도 납득이 안 되는 모양이다.

『상부의 명령이지만 확실히 납득이 안 되지. 연줄 냄새가 나.』

욤의 생각이 꼭 틀린 건 아니다.

하지만 러셀은 불만스러워하면서도 명령이라며 받아들였다.

『너희들, 이건 엄연한 명령이다. 마리 님이 직접 내린 명령이란 말이다. 불만이 있어도 받아들이고 수행하는 게 기사다.』

하지만 샤르는 납득하지 않았다.

『——대장, 너무 개인적인 이유로 납득하는 거 아니야?』

욤은 러셀의 심정을 이해하고 있는 듯했다.

『그야 동경하는 기사에게 명령받으면 마음이 들뜨겠지. 오히려 활약해서 칭찬받고 싶은 거 아냐?』

부하 둘의 그런 의견을 무시하고 러셀은 엠마에게 말을 걸었다.

『그래서 중—— 아니, 로드먼 대위, 우리의 임무는 뭐지?』

서로 마음대로 말하면서도 단합된 러셀 소대를 부럽게 생각하면서 엠마는 답했다.

　"고전하고 있는 부대를 구조하기 위해 적 함대를 공격합니다."

　습격을 받는 아군은 호위 대상이 있어서 마음대로 움직이지 못했다.

　적은 거리를 척척 좁혀 함대전치고는 근거리에서 싸움이 벌어지고 있었다.

　전장은 서로의 기동기사도 출격해서 격렬한 난전에 돌입했다.

　좁은 전장에서 격렬하게 치고받고 있는 게 현재 상황이다.

　『알겠다.』

　"어?"

　러셀이 순순히 받아들여서 엠마는 도리어 당황했다.

　그게 얼굴에 드러났을 것이다.

　러셀이 엠마한테서 시선을 돌렸다.

　『──확실히 난 널 인정하지 않았지만, 명령을 무시하지는 않는다. 상부가 네 지휘하에 들어가라고 한다면 순순히 따를 것이다. 단, 너에게 우릴 지휘할 능력이 없다고 보이면, 상부에 보고하겠다.』

　엘리트 의식이 세고 거북했던 동기 기사.

　엠마도 경험을 쌓아 나쁜 사람이 아니라고 느껴지기 시작했다.

　"감사합니다. 그럼 출격합니다."

　아탈란테를 고정하고 있던 암의 잠금을 해제하고, 암에 잡혀서 전자 캐터펄트까지 이동되었다.

러셀 일행의 네반 커스텀도 그 뒤를 따랐다.

오퍼레이터의 목소리가 들려왔다.

『준비됐어.』

"——아탈란테, 갑니다."

캐터펄트에서 사출되어 우주공간으로 방출되었다.

아탈란테는 그대로 백팩의 부스터로 가속했다.

후방에서 따라오는 네반 커스텀에 속도를 맞춰 3기를 선도하는 곳에 위치를 잡았다.

"저희는 이대로 적함을 노립니다!"

『알겠다!』

『네 네~.』

『4기 편제는 처음일지도.』

세 명은 엠마에 대해 내심 생각하는 바가 있는 듯했지만, 그래도 명령에는 순순히 따랐다.

가속한 네 기는 아군을 몰아붙이는 적의 함대로 향했다.

500m급 전함을 중심으로 한 수십 척.

엠마 일행은 전함을 노리고 날아들었다.

"먼저 전함을 노립니다."

아탈란테가 전용 다목적 빔 라이플을 쥐자, 가장 뒤에 있던 욤이 대형 라이플로 먼저 사격을 시작했다.

『시작부터 큰놈을 노린다니, 무모한 소릴 하네요. ——지원하죠.』

주위에 전개된 기동기사를 저격했다.

한 기, 두 기, 격추해 나가는 그 실력은 말만 번지르르한 게 아니라는 걸 실감하게 해줬다.

이번엔 샤르가 적에게 날아들었다.

『아아~, 기사 상대가 아니면 스코어가 안 되는데~.』

샤르의 기체가 적 기동기사를 격파해 아탈란테의 돌입 코스를 확보했다.

러셀이 외쳤다.

『주위의 적함이 이쪽을 조준하고 있다. 너무 오래 있으면 벌집이 된다!』

집중포화를 당하면 아무리 네반 타입이라도 격파당하고 만다.

엠마는 러셀이 주위의 상황을 잘 보고 있다는 걸 알아차렸다.

"제가 처리하겠습니다."

(결속력 있다고 생각하고 있었는데, 개개인의 능력도 우리하고는 많이 달라.)

아탈란테가 가속해서 적함의 방어 필드에 강하게 충돌했다.

번쩍번쩍 발광 현상이 일어나고 주위에 방전이 일어났다.

"아탈란테가 이 정도로 멈출 것 같냐아아아!!"

아탈란테의 부스터가 불을 뿜듯이 빛을 발하고 방어 필드를 꿰뚫었다.

그대로 적함의 바로 위에서 브릿지를 향해 아탈란테가 빔을 사격했다.

아탈란테의 잉여 에너지를 충전한 일격은 쉽게 브릿지를 뚫었고—— 전함의 반대편까지 관통했다.

브릿지에서 불꽃이 튀며 폭발이 퍼져나간다.

다른 적함에서는 대공 공격용 광학병기가 공격을 시작했지만, 아탈란테는 공격을 피해 달아났다.

그 무렵에는 러셀 소대도 아탈란테 곁에 와있었다.

샤르가 적 전함이 폭발하는 광경을 보면서 놀라서 소리쳤다.

『와, 저걸 뚫고 전함을 침몰시켰어.』

엠마는 적함 격파라는 큰 전과를 올리면서도 불쾌감에 휩싸여 있었다.

"——다음 목표로 향합니다."

(서두르지 않으면 호위 대상을 지킬 수 없어.)

뉴랜즈 상회의 대형 수송함을 지키기 위해 아군이 분전하고 있지만, 수가 많은 적을 상대로 고전을 면치 못하고 있었다.

아군을 구하기 위해 아탈란테와 러셀 소대는 다음 목표로 향했다.

　지휘권을 빼앗은 엠마가 메레아를 앞으로 끌고 와서 전투에 내보냈다.

　본인은 아탈란테를 타고 러셀 소대를 이끌고 고전하는 아군을 도우면서 돌아다녔다.

　고기동형 네반 타입으로 편제된 임시 4기 소대의 활약은 굉장했고, 엠마 일행의 활약을 기함의 브릿지에서 확인한 마리는 만족스럽게 미소를 짓고 있었다.

　"드디어 기대하는 역할을 해냈네. 하면 되잖아."

　옆에 있는 헤이디가 엠마 일행의 활약을 보고 휘파람을 불었다.

　"제3병기공장의 난폭한 말이라더니, 소문 이상의 괴물 기체군."

　아탈란테의 성능에 주목하고 있는 헤이디에게 마리는 약간 질렸다는 말투로 주목해야 하는 부분을 지적했다.

　"여전히 바보구나. 봐야 하는 건 기체가 아니라 파일럿이야."

　"엉? 그야, 특이한 천재라고는 들었는데."

　"아탈란테 같은 난폭한 말이 파일럿의 재능만으로 저렇게까지 활약할 수 있겠어요? 저 아이, 장래성은 천재 이상이야."

　"그렇게나?"

　헤이디는 놀랐고, 마리는 전황을 신경 썼다.

　"──그래서, 전황은 어떻게 됐을까?"

　헤이디는 주위에 수많은 영상을 띄우고 그 영상들을 순식간에 확인했다.

평소의 언행으로는 상상할 수 없을 정도로 유능한 부관이다.

그런 헤이디가 약간 눈살을 찌푸리고 있으니, 전황은 우세하다고 하기는 어려운 듯했다.

"잘 싸우고는 있지만 적의 공세에 밀리는 느낌이군. 뭐, 상황을 생각하면 이쪽이 불리하니, 열심히 싸우고 있는 편이지."

긴장감 없는 헤이디의 설명을 듣고 마리는 잠시 생각에 잠겼다.

"전투에 이기기만 해서는 실패나 마찬가지야. 목표로 삼아야 하는 건 완벽한 승리뿐."

"여전히 욕심쟁이네."

헤이디가 기막혀하는데 마리는 차가운 미소를 짓고 있었다.

또 무슨 생각을 하는 거지? 라고 생각하며 난처한 얼굴을 한 헤이디가 마리에게 물었다.

"뭘 할 생각이지? 마리."

"뻔하잖아?"

◇

반란군의 기함에는 미겔라의 모습이 있었다.

사령관 자리에 앉아서 신경질적으로 주위에 명령을 내렸다.

"왜 수적으로 열세인 적에게 이렇게까지 고전하는 거야! 적을 쫓아버리세요!"

전황을 간략하게 표시하는 모니터를 보니 아군의 전위가 무너지고 있었다.

　무너지지 않은 건 기대하지 않았던 달리아 용병단의 함대였다.

　미겔라 옆에 선 사령관이 전투 중에 고래고래 소리 지르는 미겔라에게 화내면서 설명했다.

　지금까지 몇 번이나 반복해서 설명했을 것이다.

　목소리에 질렸다는 기색이 묻어 나왔다.

　"수송함에 공격할 수 없는 상황이라 이 이상은 공격할 수 없어요."

　기습은 좋았지만, 문제는 미겔라가 노리는 것이 물자를 가득 채운 수송함이라는 것이다.

　적함은 공격해도 수송함에 피해를 주는 건 곤란했다.

　"저 수송함에는 앞으로 우리의 활동에 필요한 물자가 실려 있다고! 저 한 척에 어느 정도의 가치가 있다고 생각하는 거야? 이후를 위해서라도 반드시 확보해야만 한다고 몇 번을 설명해?!"

　정치적으로도 군사적으로도 물자를 갖고 싶은 건 사실이다.

　심지어 물자를 실은 대형 수송함도 귀중한 물건이다. 사령관도 물론 이해하고 있다.

　하지만 그걸 가능하게 하는 힘을 가지고 있지 않았다.

　"적은 강합니다. 물자를 버릴 각오로 싸우지 않으면 이길 수 없습니다. 통일 정부에 물자가 넘어가지 않으면 그걸로 되는 것 아닙니까."

사령관의 말에 미겔라는 얼굴을 붉히고 소리쳤다.

"군대를 움직이기 위해 물자가 필요하다고 한 건 당신들이잖아!"

아까부터 말싸움이 계속되고 있는데, 미겔라는 사령관 설득을 포기한 듯했다.

"이제 됐어. 빨리 강화 병사들을 보내. 추레한 용병들이 가져온 인간형 기동병기가 있잖아?"

사령관은 미겔라의 명령을 받자 굉장히 불쾌한 표정을 지었다.

"그들은 우리에게도 비장의 수단입니다. 출격시킬 타이밍은 저희가 정하도록 하겠습니다."

"내게 거역하는 거야? 넌 군인이잖아?"

통일 정부는 문민 통제를 하며, 미겔라 일행도 그 방식을 계승했다.

그렇긴 하지만 현재는 미겔라 일강체제라서 그녀의 말이 곧 정부의 지시인 상황이다.

사령관이 어쩔 수 없이 명령을 내렸다.

"강화 병사 출격 준비를 서둘러라!"

글래디에이터의 콕핏에서 대기하고 있던 네이산에게 출격 명령이 떨어졌다.

모니터에 무뚝뚝한 명령문이 표시되자 기체를 본격적으로 기동시켰다.

어둑어둑했던 콕핏 안에 불빛이 켜졌다.

기체에 설치된 카메라가 주위의 광경을 망막에 투영했다.

"나 참, 이번엔 지휘관 운이 없었나."

콕핏 안에서 전황을 확인하고 있었는데, 아무래도 아군의 지휘관은 유능하지 않은 모양이다.

"명색이 정규군인데 수적으로 부족한 상대를 기습까지 해놓고도 열세인가."

이번엔 운이 안 좋았다고 생각하면서 마음속 어딘가에서 적이 강하길 바라고 있었다.

"······강한 녀석이 있으면 좋겠는데."

강화 병사로서의 인생을 끝내줄 적이 있길 바라면서 네이산은 기체를 발함시켰다.

발함한 직후, 네이산의 주위에 강화 병사들이 탄 인간형 기동 병기가 모여들었다.

기함에 남아 지시를 내리는 지휘관이 쓸데없이 큰 목소리로 명령했다.

『세타YA0891, 제국의 기사라고 거들먹거리는 놈들을 처리하고 와라.』

"······확인."

『반드시 처리해라. 놈들은 적의 에이스 부대다.』

에이스 부대라는 말을 듣고 네이산은 마음속 어딘가에서 기대했다.

(날 죽여줄 적이 있기를.)

◇

"이걸로 8척째!"

네반 커스텀의 조종석에서는 러셀이 땀범벅이 되어 있었다.

소대에서 공동 격추한 순양함이 화염에 휩싸이는 광경이 모니터에 펼쳐졌다.

처음으로 전함 한 척을 격파한 건 좋았지만, 그 직후 반란군의 집중 표적이 되는 바람에 고전을 면치 못하고 있었다.

재빠르게 잔탄 수와 산소, 에너지 등을 확인했다.

"아직 여력이 있지만, 오래 버티기는 어렵겠군."

보급 타이밍을 생각하고 있으니 적 함대에서 기동기사가 출격한 게 보였다.

통일 정부에서 말하는 인간형 기동병기인데, 그 모습에 위화감을 느꼈다.

"지금까지 본 적기와 모습이 다르다!"

지금까지 싸워온 적의, 통일군이 사용하는 디자인과 달랐다.

심플한 건 통일군다웠지만 디자인적으로는 제국군이 선호하는 기동기사처럼 보이기도 했다.

"신형인가?"

인간형 기동병기 중대는 망설임 없이 자신들이 있는 곳을 향해 오고 있었다.

그 움직임은 일반병과는 달랐다.

눈치 빠른 샤르는 상대가 강화 병사라는 걸 간파하자 누구보다도 먼저 덤벼들었다.

『강화 병사라면 내 스코어가 돼라!』

샤르는 레이저 블레이드 이도류로 적 중대에 쳐들어갔지만, 지금까지와는 양상이 달랐다.

산개한 적 중대는 샤르가 탄 네반 커스텀을 포위하듯이 움직이고 있었다.

담담하게 사격을 개시하는 적기들.

샤르도 지금까지의 적과는 다르다고 느꼈는지, 서둘러 회피기동을 했다.

"부주의하게 접근하지 마라!"

러셀과 욤이 바로 지원사격을 해서 샤르를 구조했다.

합류한 샤르는 적 중대에 위기감을 느낀 것 같았다.

『이 녀석들, 우주 해적 때랑은 전혀 다르잖아!』

뒤에서 라이플을 들고 있는 욤은 적의 움직임을 보고 약간 초조해했다.

『강화 병사를 대량으로 투입했군요. 다른 전장에 더 관심을 돌려야 할 텐데.』

자신들이 싸우는 전장에 대량의 강화 병사들이 투입되었다.

러셀은 바로 샤르에게 확인했다.

"샤르, 할 수 있겠어?"

샤르는 애매한 질문의 의도를 이해했다.

『1대1이라면 여유죠. 하지만 이 녀석들은 집단전 전문이라서 어려울지도.』

러셀은 이 상황이 위험하다는 걸 알아차리고 자신의 실수를 후회했다.

"너무 눈에 띄었나. 아니, 그보다 먼저 보급을 끝냈어야 했어."

지나치게 분전한 결과, 강화 병사들을 상대할 탄약과 에너지가 부족했다.

이대로 도망쳐도 뒤에서 공격당한다.

메레아에 도망치면 메레아가 위험해진다.

운 좋게 도망쳐도 기사와 같은 수준의 역량을 가진 강화 병사가 탄 인간형 기동병기들이 아군을 덮쳐 피해가 확대된다.

상황은 절망적이다.

그런 와중에 아탈란테는 전용 다목적 빔 라이플을 등으로 되돌렸다.

빈 양손에는 홀스터에 있던 쌍권총을 들었다.

"뭐 하는 거냐, 로드먼?!"

『제가 상대하겠습니다.』

러셀은 안 좋은 예감이 들었다.

"목숨을 버릴 셈이냐?! 혼자서는 안 된다. 우리도 지원한다."

하지만 엠마는 지원을 거절했다.

『아뇨, 필요 없습니다. 지금의 저라면 과부하 상태가 아니더라도——.』

아탈란테가 가속하자 로켓 부스터에서 푸르스름한 빛이 꼬리를 끌듯이 늘어났다.

그대로 적기에게 덤벼든 아탈란테는 권총에 장착한 블레이드를 사용해서 억지로 찢어발겼다.

엠마의 움직임을 보고 있던 샤르가 놀랐다.

『엄청 빠르네! 저게 소문으로 듣던 비밀병기야?!』

일단 아탈란테는 공개 사항이 아닌데도, 활약상이 소문이 되어 번필드가의 기사단에 퍼져 있었다.

아탈란테가 싸우는 모습을 본 기사가 말하길, 번개와 같았다고.

"이게 로드먼의 진짜 실력인가."

예전에 기사로서 적합하지 않다고 단언한 사람이다.

그런 그녀가 한 기, 또 한 기—— 연계하던 인간형 기동병기 중대가 아탈란테 단독 전력에 쓰러져 갔다.

(로드먼—— 넌 이렇게나—— 큭!)

러셀은 눈앞의 광경을 처음엔 믿고 싶지 않았지만, 바로 마음을 다잡았다.

"로드먼 혼자서 싸우게 하지 마라!"

러셀은 샤르와 욤을 이끌고 엠마를 지원하러 갔다.

◇

한 강화 병사가 재빠른 기동기사를 상대로 고전을 면치 못하고 있었다.

정말 어이없는 기체였다.

속도를 내기 위해 터무니없는 설계가 되어 있었다.

전투 방식도 형편없었는데, 동료를 내버려두고 단독으로 싸우고 있다.

디자인도 군더더기가 많고 제국다운 쓸데없이 좋은 성능에 의지해 개인기로 싸우는 인간형 기동병기라 생각했다.

게다가 무기도 형편없었다.

블레이드가 달린 권총을 양손에 각각 들고 있었다.

"총잡이인 척하는 제국 기사님 치고는 강하군."

강화 병사들은 감정을 억제당해 공포를 그다지 느끼지 않는다.

동료가 차례차례 격파당해도 겁먹지 않았고, 도망쳐야겠다는 기분도 들지 않았다.

그저 명령을 수행하는 것만을 우선한다.

그랬던 그들이, 쌍권총을 든 기동기사를 상대로 약간 공포를 느끼고 있었다.

단 한 기로 아군의 연계를 무너뜨리고 격파하고 있기 때문이다.

거리를 두면 사격으로, 접근하면 칼로 베었다.

"뒤에서 지원하는 3기도 성가시군. 먼저 없애고 싶지만, 쌍권총이 눈치 빠르게 방해하러 와.”

지원 공격하는 기동기사 3기를 노리면 쌍권총이 덮쳐온다.

“잠들어 있는 사이에 제국에 엄청난 에이스가 나왔군. 이름이라도 알고 싶은데, 아무래도 어려울 것 같아.”

강화 병사 남자는 콕핏 안에서 눈앞에 닥쳐오는 쌍권총을 보고 있었다.

권총에 장착한 블레이드가 희미하게 빛나는 것을 보아하니, 실체검에서 레이저 블레이드가 나오고 있을 것이다.

콕핏 살짝 위를 노리고 찌르는데, 강화 병사가 탄 인간형 기동병기는 포로로 잡히지 않기 위해 자폭하도록 설정되어 있다.

콕핏이 격렬하게 흔들리더니 자폭장치가 기동했다.

남자는 이제 끝이라며 각오를 다지고 출격 전에 대화한 네이산을 떠올렸다.

“역시 『네이산』인 이유를 물어보길 잘했어. 죽을 때 후회하지 않아도 되겠군.”

쌍권총 기동기사에게 기체를 걷어차이자, 네이산의 목소리가 들렸다.

『……원수는 갚아주지.』

그녀는 구하기엔 늦었다고 포기했지만, 남자는 신경 쓰지 않았다.

지금까지 몇 번이나 동료를 버려온 건 자기도 마찬가지니까.

“쌍권총…… 우리의 에이스는 강하니까 각오하라고.”

남자가 말을 끝낸 타이밍에 기체는 폭발했다.

◇

출격 전에 대화한 남자가 전사했다.

겨우 그뿐인 일이지만 감정이 빈약한 네이산의 마음에 느껴지는 것이 있었다.

"각기, 쌍권총은 내가 상대한다. 그 외는 지원하는 3기를 노려라."

『알겠다.』

침착한 목소리로 대답한 부하들을 먼저 보내자, 쌍권총이 쫓아가서 진로상에 끼어들었다.

흉부 발칸으로 견제하면서 네이산은 기체의 무릎 아머에서 왼손으로 나이프를 뽑았다.

"지금부터는 내가 상대하지, 쌍권총."

지금까지는 중대 지휘에 전념하고 있었지만, 여기서부터는 전력으로 싸운다.

쌍권총도 위협을 느꼈는지 네이산을 의식하고 있었다.

그대로 1대1로 전투가 시작되었고, 네이산은 적기의 범상치 않은 성능을 이해하기 시작했다.

"기체 성능은 저쪽이 위인가. 나도 고기동형인데, 상대가 안 돼."

네이산은 냉정하게 기체를 조종하면서 쌍권총의 속도에 따라

가는 것을 포기했다.

주변 상황을 머리에 집어넣고 쌍권총이 자신에게서 벗어날 수 없는 위치를 잡았다.

쌍권총이 자신을 무시하지 못하게 하면 그만이다.

"네 스피드는 경이롭지만, 말하자면 그뿐이야."

쌍권총이 접근해서 사격하자 네이산은 피하고 빔 머신건으로 공격했다.

몇 발은 명중했지만 적기의 장갑을 약간 빨갛게 달구기만 하고 끝났다.

"장갑 소재까지 특수한가. 이런 적과 싸우는 건 오랜만이군."

서서히 적의 성능을 이해하고 어떻게 싸우면 되는지 머릿속으로 구상해 나갔다.

쌍권총이 거리를 좁혀 블레이드로 베려고 했지만, 네이산은 그 공격을 나이프로 튕겨냈다.

"생각한 대로야. 스피드는 빠르지만, 결정타가 부족해."

아군기는 농락당했지만, 네이산이 보기에 적기는 결정타가 부족했다.

권총으로는 머신건 수준의 연사도 할 수 없고 라이플 같은 위력도 없다.

장착한 블레이드의 길이도 단검 정도밖에 안 돼서 접근전으로 끌고 가면 충분히 대처할 수 있다.

"……너도 대처 가능한 범위에서 그쳤구나."

네이산은 약간 아쉬운 듯이 중얼거렸다.

◇

"강해…… 이 사람!"

아탈란테의 콕핏에서 엠마는 가중되는 부담을 견디면서 인간형 기동병기에 시선을 고정하고 있었다.

제한 상한까지 성능을 끌어내서 싸워봤지만 쓰러뜨리지 못했다.

싸워보고 느낀 것은 강화 병사의 이질감이다.

감정이 억제되었다고 들었는데, 어떤 상황에도 냉정하게 싸울 수 있다는 건 강화 병사의 강점일 것이다.

통상적으로 전력의 2할을 상실하면 군에선 대패 취급을 한다.

그런데 부대의 동료를 2할이나 잃어도 아무렇지 않게 싸우고 있다.

그리고 경험의 차이가 있다는 것도 느끼고 있었다.

"위치 선정도 절묘하고 행동도 군더더기가 없어. 내가 짜증이 나는 짓만 하고 마음대로 하게 해주지 않아. ……이것이 통일군의 에이스!"

엠마는 눈앞에 있는 인간형 기동병기에 전념하고 있지만, 상대는 주변의 상황을 잘 보고 싸우고 있었다.

이대로는 쓰러뜨리지 못한다는 걸 깨달은 엠마는 심호흡하고 아탈란테의 리미터를 해제했다.

"상대가 에이스라 하더라도 난 지기 싫어! 아탈란테, 가자!!"

엠마의 고함에 호응하듯이 아탈란테가 과부하 상태에 들어갔다.

관절부에서 방전 현상이 발생했고, 각 부분의 에너지 출력이 한 번에 뛰어올랐다.

쌍권총에 장착된 블레이드에 에너지가 흘러 칼날이 노랗게 발광했다.

과부하 상태—— 오버로드를 발동한 아탈란테는 더욱 가속해 갔다.

엠마의 몸이 시트에 밀렸지만 무시하고 조종을 계속했다.

아탈란테가 더 가속하자 적기도 약간의 동요를 보였다.

스쳐 지나가는 순간에 베자, 적기의 허벅지에 상처가 났다.

"얕아! 다음은 더 깊게!!"

급가속과 방향 전환에 엠마의 몸은 콕핏 안에서 흔들렸다.

하지만 조종간은 쥔 그대로.

시선도 적한테서 떨어지지 않았다.

마리에게 훈련받은 성과가 나오고 있었다.

"할 수 있어. 지금의 나라면—— 아탈란테의 성능을 한계까지 끌어낼 수 있어!!"

엠마는 과부하 상태의 아탈란테를 몰고 적의 에이스를 덮쳤다.

적이 빔 머신건으로 공격했지만, 엠마의 동체시력이 사선을 파악했다.

빗발치는 공격의 틈으로 유유히 빠져나온다. 완벽하게 피하지 못한 공격은 과부하 상태의 아탈란테가 만들어 낸 방어 필드가 막아낸다.

빔 머신건이 통하지 않는 걸 깨달았는지, 적기는 무기를 버리고 나이프를 이도류로 들었다.

흉부에 있는 발칸이 불을 뿜자, 실탄이 발사되었다.

"아탈란테의 장갑이라면!"

아탈란테의 장갑이 실탄을 튕겨냈다.

아탈란테가 격돌할 기세로 적기에게 다가가 블레이드로 베려고 했다.

몇 번이나, 몇 번이나.

적기도 그 공격을 나이프로 튕겨냈다.

스피드와 파워로 억지스럽게 휘두르는 엠마와는 달리 상대는 기술력으로 부족한 부분을 커버했다.

이 사람은 강하다—— 그렇게 생각하면서 엠마는 마리와의 훈련을 떠올렸다.

"하지만 사령관님보다 강하지 않아!!"

적 에이스라도, 불합리한 폭력의 화신 같던 마리에 비하면 무섭지 않았다.

엠마는 이 상황을 타개할 방법을 생각했고, 아탈란테에게 여유가 있는 부분을 주목했다.

바로 다리 기동이다.

"이거라면!"

아탈란테가 다리 기술을 쓰기 시작했다.

이에 적 에이스도 놀란 듯했다.

기동기사가 발차기 기술을 쓸 것이라는 예상은 못 했는지 움직임이 흐트러졌다.

"여기다!"

그 틈을 놓치지 않고 엠마는 블레이드를 꽂아 권총의 방아쇠를 당겼다.

몇 번이고, 몇 번이고.

세 발째 탄환이 장갑을 파괴하고 콕핏을 피한 윗부분을 꿰뚫었다.

만일을 위해 양팔도 베어 전투불능 상태로 만들고 엠마는 적기한테서 거리를 벌렸다.

그 무렵에는 파괴된 콕핏에서 파일럿이 모습을 드러내고 있었다.

빨리 도망치면 좋겠다고 생각하고 있었지만, 파일럿은 당장이라도 폭발할 것 같은 기체에서 떨어지려고 하지 않았다.

"왜 탈출하지 않는 거야?!"

◇

네이산은 콕핏에서 밖으로 나와 자신을 쓰러뜨린 기동기사를 바라봤다.

"전장에서 노랗게 빛나다니, 너무 눈에 띄어. 정말 제국인의 생각은 이해할 수 없어."

하지만 예쁘다고 생각했다.

기체에서 벗어나지 않는 자신에게 손을 뻗으려 하는 모습을 보고 네이산은 쓴웃음을 지었다.

"전투 중에 적을 동정하면 안 되지. 애초에 봐주지 않았으면 더 편하게 날 쓰러뜨릴 수 있었을 텐데."

진검승부에서 적이 봐준 건 분하지만, 그래도 해방된 건 기뻤다.

"고마워, 적의 에이스. 이제야 겨우 끝낼 수 있어."

적기가 내민 손을 거부한 네이산은 기체의 자폭에 휘말렸다.

폭발에 휘말리는 순간에 생각난 것은 자신의 콜 사인의 유래였다.

되살아난 기억 속에서 어린 여자아이가 자신을 『언니*』라 부르고 있었다.

네이산은 마지막으로 웃었다.

"훗, 뭐야. 그냥 착각이었잖아."

◇

폭발한 적기를 보고 엠마는 한 번 눈을 감고 마음을 다잡았다.

(아직 전투는 끝나지 않았어.)

---

*누나/언니의 일본어 발음은 '네에상'으로 네이산과 발음이 비슷하다.

지금도 러셀 일행이 열심히 싸우고 있었다.

과부하 상태를 종료시키자 아탈란테의 각 부분에 부하가 걸려서 경고가 나왔다.

심각한 상태는 아니지만 평상시보다 성능이 떨어졌다.

이전에는 과부하 상태 후에는 아예 움직이지를 않았는데, 대단한 진보였다.

손상도 심하지 않고, 주요 프레임도 건재하다.

재빠르게 기체를 체크한 엠마는 문제가 없다고 판단했다.

"아직 싸울 수 있어. 러셀 군과 모두를 도와줘야 해……."

적 에이스와의 전투를 끝내 정신적으로 피로했지만, 엠마는 아군을 구하기 위해 움직이기 시작했다.

　예전에 골드 라쿤이라 불렸던 기체는 이름이 키메라로 고쳐졌다.
　잃어버린 왼팔에는 오른팔보다 긴 특별히 주문한 왼팔이 장착
되어 있었다.
　보라색에 디자인은 꺼림칙하며, 강인하고 긴 손톱을 가지고 있
었다.
　손등에는 빔 캐논이 장착되어 있어서 왼팔 자체가 무기였다.
　시레나가 이끄는 달리아 용병단의 기동기사 부대.
　골드 라쿤에 탑재된 기능으로 적의 레이더와 시야를 피해 수송
함에 접근하고 있었다.
　"한 척쯤은 나포해야 복수라고 할 수 있지 않겠어?"
　제7병기공장 습격 때, 시레나는 번필드가에게 호되게 당했다.
　그 복수를 하겠다는 듯이 수송함에 대한 공격을 우선하고 있
었다.
　호위 대상을 지키지 못하면 번필드가에도 피해가 간다고 생각
했기 때문이다.
　용병단의 기동기사들이 갑자기 모습을 보이자, 뉴랜즈 상회의
수송함에서는 기동기사가 출격했다.
　그 모습을 보고 있던 부하는 약간 긴장한 듯했다.
　『대장, 놈들의 경호원들이 나왔어요.』
　부하의 말을 듣고 시레나는 혀로 입술을 핥았다.

"뉴랜즈 상회가 자랑하는 경호원 여러분, 우리가 놀아줄게."

다가오는 적기를 왼손의 손톱으로 꿰뚫고 뿌리쳤다.

경호원들이 키메라를 둘러싸고 공격하자, 꼬리 같은 백팩에서 빛의 입자가 발생하고 키메라가 모습을 감췄다.

『사라졌어?!』

『찾아라! 놈들을 접근시키지── 뭣!!』

말을 마치기 전에 경호원들의 배후로 돈 키메라는 그 꺼림칙한 왼팔로 콕핏을 꿰뚫었다.

폭발하는 기동기사.

남은 경호원들은 시레나의 부하들이 집단으로 덮쳐서 격파하고 있었다.

부하 한 명이 시레나에게 다가왔다.

『그 녀석의 성능을 끌어내고 있는 것 같네.』

"2년이나 몰고 다니면 그러기 싫어도 능숙해지지."

『외형이 마음에 안 든다더니, 용케도 계속 탔네요.』

"외형은 별로지만 험하게 몰아도 망가지지 않는 튼튼함은 좋아."

번필드가의 아탈란테에게 패배한 시레나는 그 후에 수많은 전장에서 싸웠다.

잃은 전력을 회복하면서 달리아 용병단의 이름도 더럽히지 않도록.

그때 키메라로 전장을 돌아다녔는데, 시레나의 거친 조종에도 부서지지 않고 따라와 줬다.

2년이라는 시간은 시레나가 애착을 가지게 하기에 충분했다.

"그럼, 브릿지를 제압할까."

미겔라 일행의 상황을 확인하니, 번필드가를 상대로 고전을 면치 못해 목적을 달성하지 못하고 있었다.

그 모습을 보고 시레나가 비웃었다.

"굳이 전장까지 나온 저 여자는 빈손으로 돌아가게 될 것 같네."

메레아의 브릿지에는 수송함으로부터 구원 요청이 왔다.

"적이 침투하다니, 호위 함대는 뭘 하는 건지."

지휘권을 빼앗긴 팀 대령은 구원 요청을 들어도 도우러 갈 생각은 없었다.

지휘권이 없어서 메레아를 움직일 수 없다는 명분이었다.

오퍼레이터가 뒤돌아서 팀 대령의 얼굴을 봤다.

"어떻게 할까요? 아군은 눈앞의 적을 상대하느라 빠듯합니다만?"

"기사님의 명령에 따라야지. 애초에 파일럿은 전원 출격 허가가 안 났잖아? 자업자득이야. 자기 힘을 과신한 결과다."

이것도 엠마 때문이라고 하는 팀 대령을 보고 오퍼레이터가 고민스러운 얼굴을 하고 있었다.

예전에—— 자기들을 사지에 몰아넣고 도와주지 않은 상층부와 똑같지 않은가? 그런 말을 들은 게 영향을 주고 있는 듯했다.

그건 대령도 마찬가지다.

불안한 기색으로 의자에 앉아있자, 브릿지에 더그가 찾아왔다.

파일럿 슈트를 입은 채로 언제든지 출격 할 수 있도록 하고 있었다.

아무래도 술기운도 빼고 온 모양이다.

"팀 사령관. 출격 허가를 내줘! 그게 힘들다면 우리끼리 멋대로 나갈 거야."

더그가 진지한 얼굴로 말하자 팀 대령은 당황했다.

"더그?! 진심인가?!"

더그의 뒤를 보니, 거기엔 래리를 비롯한 파일럿들의 모습이 있었다.

모두 평소의 긴장감 없는 표정이 아니었다.

더그가 모두를 대표해서 말했다.

"그 아가씨한테 그런 말을 들은 채로 물러날 수 있겠냐고. 그리고, 난—— 우리는, 미워하던 그놈들과 똑같아지는 것만큼은 싫어."

지금까지의 행동을 후회하는 표정을 지은 더그는 분하면서도 슬픈 듯했다.

더그가 등을 돌렸다.

"——우리가 멋대로 출격한 걸로 하지. 당신한테 폐를 끼칠 생각은 없으니까, 해치만이라도 열어줘."

팀 대령도 내심 깨닫고 있었다.

예전에 싫어했던 상층부와 자기들이 똑같으며, 갈 곳 없는 분노를 현재의 상층부에 터뜨리고 있을 뿐인 것을.

하지만 어떻게 할 수 없었다.

옛 군대가 해체되었을 때 맥이 탁 풀리고 마음이 꺾여버려 다시 일어서지 못하고 있었다.

팀 대령이 모자를 다시 쓰고 자리에서 일어나 지시를 내렸다.

"기동기사만 출격해서 뭘 어쩌자는 거냐? 메레아는 이대로 수송선을 구원하러 간다. 아가씨한테도 알려둬라."

오퍼레이터가 놀라면서도 약간 기뻐했다.

"괜찮나요?"

"민간인을 지키기 위해서다. 그 정의의 사도인 척하는 아가씨한테 불평을 들을 이유는 없어."

"네!"

파일럿들이 자기들의 기체로 가는 가운데, 팀 대령은 더그를 불러 세웠다.

"더그. 정말로 괜찮은 거지?"

더그는 등을 돌린 채로 대답했다.

아무래도 멋쩍은 모양이다.

"나답지 않다는 건 잘 알고 있지만, 지금 일어서지 않으면——난 정말로 산 채로 죽은 것과 마찬가지야."

더그가 브릿지에서 떠나가자, 대령이 중얼거렸다.

"——산 채로 죽은 것과 마찬가지라. 뭐, 틀린 말은 아니군."

자기들은 살아있으면서 죽어 있었다는 말을 듣고 팀 대령은 납득했다.

더그 일행이 떠난 브릿지에서 팀 대령은 중얼거렸다.

"이렇게 되기 전에 동료들이랑 같이 전장에서 죽었어야 했어."

용병단에 습격받은 건 파트리스가 탄 수송함이었다.

선장과 승조원들의 고함이 들리는 가운데, 파트리스는 습격자들을 노려봤다.

모니터에 비친 기동기사의 모습에 눈살을 찌푸렸다.

버클러라 불리는, 최근 나돌기 시작한 소형 기동기사는 일부 용병과 우주 해적들에게 인기가 많다.

그리고 그 사이에 유독 눈에 띄는 금색 라쿤이 있었다.

파트리스는 어느 용병단인지 짐작이 갔다.

"하필이면 달리아 용병단의 표적으로 찍히다니, 운이 없네."

옆에서 파트리스의 이야기를 듣고 있던 선장도 동의했다.

"유명한 용병단이잖아요. 반란군보다 더 성가셔요."

통일 정부 시절에 훈련받은 반란군의 군대도 성가시긴 하지만, 각지에서 난동을 부린 유명한 용병단은 그 이상으로 만만치 않다는 걸 파트리스 일행은 이해하고 있었다.

용병단도 천차만별이다.

오합지졸인 집단부터 군대와 같은 수준의 강인함을 자랑하는 집단도 있다.

달리아 용병단은 후자였다.

저들은 웬만한 귀족의 사설군보다 더 강하다. 파트리스 일행도 되도록 마주치고 싶지 않은 상대였다.

일단은 호위 기동기사들이 시간을 벌고 있지만, 골드 라쿤 앞에서는 무력했다.

우주공간에서 환영을 만들고 레이더조차 속이는 성가신 기동기사다.

외관은 둔한 중장갑 기체지만, 제7병기공장이 차세대기로 개발한 성능은 보통이 아니었다.

애초에 골드 라쿤은 리암의 예비기로 쓰려고 건조된 기동기사다.

다른 양산기보다 성능이 2할에서 3할 정도는 더 뛰어날 것이다.

차례차례 호위기가 파괴되어 가는 광경을 보면서 애태우던 찰나, 브릿지의 오퍼레이터가 약간 들뜬 목소리로 알렸다.

"호위 함대에서 경항모 한 척이 이쪽으로 접근합니다!"

경항모를 눈으로 확인한 파트리스는 가슴을 쓸어내렸다.

"이걸로 시간을 벌 수 있겠어."

하지만 동시에 생각했다.

(경항모 한 척인가. 달리아 용병단을 상대로는 부족한 거 같은데. 그들이 시간을 버는 동안 본대가 구원을 와줬으면 좋겠는데.)

상인으로서 머릿속으로 냉정하게 분석하는 파트리스는 경항모 한 척이라는 전력으로는 달리아 용병단을 제압하는 건 어렵다고 생각했다.

수송함을 구원하기 위해 출격한 더그는 콕핏 안에서 초조해하고 있었다.

"이 자식들, 어딘가에서 본 적이 있다 했더니. 2년 전에 본 놈들이냐!"

다리 부분이 없는 특이한 기동기사는 라쿤에 비하면 성능이 부족했다.

하지만 파일럿의 기량은 또 다른 이야기.

싸움에 익숙한 적 파일럿들은 기체 특성을 살려 잘 행동하고 있었다.

그중에는 기사와 맞먹는 실력자들도 있다.

빔 개틀링건을 장비한 라쿤으로 싸우던 더그는, 쫄래쫄래 돌아다니는 적기를 잡지 못하고 있었다.

"안 맞아? 조정 부족인가?!"

딱 한순간 정비 문제가 떠올랐지만, 제3소대의 정비사는 몰리다.

그녀가 그런 실수를 할 리가 없다. 즉 자신이 문제다.

(기체 조정 부족했나? ……아니, 내 실력이 모자란 건가.)

더그도 교육 캡슐을 사용해서 라쿤의 조종 방법은 머리에 주입했다.

육체도 그때 강화되었지만── 매일의 나태한 생활이 그것들을 헛되게 하고 있었다.

교육 캡슐의 효과는 크지만 쓰지 않는 지식은 잊고, 트레이닝을 하지 않으면 육체는 둔해진다.

기체 조정이나 훈련을 포기한 결과, 전장에서 라쿤의 성능을 완전하게 발휘하지 못했다.

그건 더그뿐만이 아니었다.

『안 맞아?! 몰리 녀석, 조준 설정이 느슨한데?!』

라이플을 든 라쿤에 탄 래리의 목소리였다.

조준이 안 맞는 걸 몰리의 탓을 하고 있었던.

인력 부족으로 인해 어쩔 수 없이 소대 오퍼레이터를 하던 몰리가 분개했다.

『래리가 조정을 대충 하니까 그렇잖아! 애초에 훈련이랑 조정 시간이 너무 적다고!』

기동기사에는 파일럿을 서포트하는 기능이 있다.

파일럿 개인의 데이터를 수집해 조정해 나가는 기능이다.

타면 탈수록 파일럿과 기체의 궁합은 더 좋아진다.

실전에 나가지 않더라도 훈련이나 조정에 시간을 할애했다면 똑바로 움직였을 것이다.

하지만 훈련과 조정을 대충 하던 메레아의 파일럿들은 이제 와서 기체 조종에 고생하고 있었다.

수준이 낮은 상대였다면 성능으로 밀어붙일 수 있겠지만, 상대는 경험이 풍부한 달리아 용병단이다.

라쿤의 성능을 끌어내지 못한 채로 몰리는 광경이 펼쳐졌다.

더그와 제3소대뿐만이 아니라, 출격한 다른 소대도 마찬가지였다.

제3소대 가까이에서 싸우고 있는 제6소대의 제시카도 달리아 용병단의 버클러를 상대로 고전했다.

『쫄래쫄래 도망치기는!』

제시카를 비롯해 메레아에 있는 파일럿들은 오랫동안 기동기사를 조종했던 자들이다.

경험만 따지면 달리아 용병단에도 뒤지지 않았을 것이다.

그런데도 고전하는 원인은 무엇인가? 모두가 알아차리고 있었다.

더그는 콕핏 안에서 자신의 한심함을 한탄했다.

"이렇게나 실력이 떨어진 거냐. 어느새……."

더그 일행은 사실 자신감이 있었다.

파일럿이 되어 쌓은 100년 이상의 경험이 지금도 남아있을 거라고.

하지만 뚜껑을 열어보니 아니었다.

노력도, 경험도, 썩어 지내는 동안 모두 쇠퇴했다.

전성기에 한참 못 미친다.

우린 싸울 수 있다! 하는 막연한 자신감이 사라지고, 머릿속에서 엠마의 목소리가 되살아났다.

(평소의 훈련을 경시하면 실력이 떨어진다더니. 핫, 아가씨가 떠들던 말을 직접 겪게 될 줄이야.)

과거에는 기체 탓이라도 할 수 있었지만, 라쿤이라는 최신예 기체를 탄 이상 그런 변명은 할 수 없다.

여실히 깨달을 수밖에 없는 거다. 자기들이 도움이 안 된다는 것을.

금색 기체가 더그가 탄 라쿤에게 다가왔다.

"이 녀석, 도둑맞았다는 그 기체인가!"

개틀링건을 겨눴지만, 골드 라쿤에 어울리지 않는 왼팔에 가로막혔다.

그대로 꺼림칙한 왼팔에 잡혀 접촉한 것으로 인해 통신 회선이 열렸다.

아무래도 도둑맞았다고 말한 게 들린 모양이다.

적 파일럿이 더그에게 흥미를 보였다.

『혹시 2년 전에 거기에 있었어?』

"칫!"

혀를 차면서 적을 뿌리치려고 했지만, 기체 성능이 달랐다.

동형기일 텐데 금색 라쿤은 꿈쩍도 하지 않았다.

적 파일럿은 아름다운 여자였는데 눈빛이 심하게 차가웠다.

『혹시 여기 아탈란테의 파일럿도 와있어? 가르쳐주지 않을래? 아, 널 죽이면 알아서 튀어나오려나?』

도움이 안 된다면서 출격을 막았던 엠마의 모습을 떠올린 더그는, 내뱉듯이 말했다.

"하, 그 아가씨는 그딴 걸로 움직일 사람이 아니야."

(그 아가씨도 옛날 상관과 상층부와 똑같아. 그 녀석이 구하러

올 리가 없지.)

이들을 포기한 엠마가 구하러 올 일은 없다.

시레나는 작게 한숨을 쉬더니 더그에 대한 흥미를 잃었는지 왼팔에 힘을 줬다.

이대로 쥐어서 으스러뜨리려 하는 것일 것이다.

더그는 그 광경을 보고 있을 수밖에 없었다.

(여기서 끝인가. 쓸데없는 고집을 부려서——.)

옛날을 떠올려 고집을 부린 것을 후회했지만, 마음은 왠지 개운했다.

(하지만 나쁘지 않아. 마지막으로 자신을 되찾은 것 같은 기분이야. 아가씨에겐 폐를 끼쳤군.)

정의감이 강해서 같이 지내는 게 귀찮은 대장을 떠올렸다.

그때 엠마의 목소리가 들려왔다.

『제 동료를 당장 놓으세요!』

◇

메레아가 위기를 알고 돌아온 엠마는 골드 라쿤을 발견하자 미간을 찌푸렸다.

"넌…… 사이렌!"

사이렌—— 그건 시레나의 가명 중 하나였다.

아탈란테를 파괴하기 위해 제7병기공장에 잠입한 시레나는 사이렌이라는 이름을 대고 엠마에게 접근했다.

친절하게 상담하는 척을 하면서 자신을 비웃고, 마음씨 좋은 자넷 대위를 자기 눈앞에서 죽였던 사람.

엠마는 분노했다.

더그의 라쿤을 으스러뜨리려는 상황을 보고 바로 아탈란테로 접근해서 골드 라쿤을 걷어찼다.

그때 회선이 열렸고, 시레나가 그대로 통신 회선을 유지했다.

『오랜만이네, 보고 싶었어.』

"또 다시 내 앞에 나타나다니!"

아탈란테가 쌍권총을 쥐자, 골드 라쿤이 왼팔을 치켜들고 덤벼들었다.

방아쇠를 당겨 탄환을 발사했지만, 라쿤의 왼팔 장갑판에 튕겼다.

아탈란테의 무장을 보고 위협은 없다고 생각했는지, 골드 라쿤이 가속해서 왼팔을 높이 쳐들었다. 위력에 자신이 있는 모양이었다.

직격하면 아탈란테도 무사하지는 못할 것 같았다.

그 공격을 권총에 장착한 블레이드로 튕겨내면서 시레나와 대화했다.

"그 기체는 번필드가의 자산입니다. 돌려주세요, 사이렌!"

『싫은데? 외형 빼고는 마음에 드는걸. 그리고 사이렌은 가명이야. 용병단의 단장을 하고 있을 때는 시레나라고 불러.』

"그렇게 또 날 바보 취급하는 겁니까!"

가명을 정정하는 시레나에게 엠마는 더 큰 분노를 품었다.

이전에 엠마는 시레나를 동경했다.

처음 만났을 때는 여유 있고 어른스러운 여기사인 줄 알았기 때문이다.

자기도 그렇게 되고 싶다고 생각했는데…… 그걸 배신했다.

『무시당하는 녀석이 잘못한 거지, 꿈꾸는 정의의 기사님. 어때? 이제 조금은 어른이 됐으려나?』

"전 지금도 정의의 기사를 목표로 하고 있어요!"

전투를 계속하면서 엠마는 시레나 앞에서 당당하게 선언했다.

시레나의 여유로운 분위기가 사라지고 표정이 사라졌다.

『그래서 네가 바보인 거야. 세상 물정 모르는 아가씨란 말이지.』

골드 라쿤의 공세가 거세지고 아탈란테가 열세에 몰렸다.

"너만큼은 여기서!"

엠마는 골드 라쿤의 왼팔 공격을 쌍권총으로 막아냈다.

하지만 위력을 다 억누르지 못해 날아가 버렸다.

골드 라쿤의 왼팔에 장착된 빔 캐논이 아탈란테를 향해 발사되었다.

어떻게든 회피했지만, 대신 주변에 떠다니던 적기에 명중했다. 적기가 순식간에 녹아 꿰뚫리는 모습이 엠마의 눈에 들어왔다.

엠마는 식은땀을 흘렸다.

(역시 강해. 반면에 나는 에너지도, 탄환도 전부 부족한 상황.

과부하도 쓸 수 없어.)

이미 한차례 과부하 상태로 날뛴 탓에, 아탈란테는 아직 냉각 중이다.

지금 다시 과부하에 들어가면 기체가 망가질 수도 있다.

(그 사람이랑 싸웠을 때 너무 무리했어.)

반란군의 에이스가 이끄는 중대와 싸운 직후다.

그대로 시레나와 연전을 치르게 될 줄은 엠마도 예상하지 못했다.

비장의 수단이 없는 상태로 싸우기에는, 시레나는 만만치 않은 상대다.

시레나가 엠마의 상황을 간파해 나갔다.

『어머나? 비장의 수단을 쓰지 않는 거야? 아니, 못 쓰는 건가? 사격도 소극적이고. 잔탄도 얼마 없는 모양이네?』

아탈란테의 외관을 보고 방금 격전을 끝냈다는 것을 알아차린 모양이다.

상대가 만전의 상태가 아니라는 걸 깨달은 골드 라쿤은 적극적인 공세에 나섰다.

『아쉽네. 비장의 수단을 쓴 널 이 새로운 왼팔로 엉망진창으로 만들고 싶었는데.』

"이런 곳에서 너 따위한테!"

상황은 열세지만 엠마는 아직 포기하지 않았다.

◇

아탈란테와 골드 라쿤이 격렬한 전투를 벌이고 있었다.

그 광경을 보고 있던 래리는 엠마에게 외쳤다.

"빨리 오버로드를 쓰라고! 그런 녀석은 금방 처리할 수 있잖아!"

엠마 대신 오퍼레이터를 맡은 몰리가 답했다.

『말도 안 되는 소리 하지 마! 그건 여러 번 쓸 수 있는 기능이 아니야! 애초에 보급도 제대로 못 받은 채로 계속 싸우고 있다고. 엠마도, 아탈란테도 한계야.』

그 순간, 래리는 『보급 정도는 받아두라고!』라며 정론을 외치려다가 도중에 그만뒀다.

아탈란테가 보급받지 못하는 원인을 알아차렸기 때문이다.

"——우릴 위해서인가? 저 녀석, 왜 그런 상태로 여기에 오는 거야?!"

자기들을 깔보는 오만한 기사—— 그런 기사가 지금은 자기들을 구하기 위해 무리하게 적과 싸우고 있다.

"왜?! 어째서!!"

혼란스러워하는 래리의 라쿤에 욤이 탄 네반 커스텀이 다가왔다.

『전장에서 멈추다니, 죽고 싶은 거냐? 그럴 거면 라이플이랑 잔탄을 내게 넘겨라!』

라쿤의 무기를 네반이 빼앗는데, 같은 번필드가의 기체라서 금방 잠금이 해제된 모양이다.

"내 무기라고!"

『그렇겠지. 하지만 내가 쓰는 편이 더 도움이 될 것 같지 않아?』

그대로 욤의 네반 커스텀이 적기를 저격하기 시작했다.

래리와는 달리 평소 기체 조정을 거르지 않았는지, 욤은 받은 무기를 실사격으로 보정하며 명중시켰다.

(대, 대단한 실력이다! 그보다 이 자식들 뭐냐고. 왜 이 녀석들까지 우릴 돕는 거지?!)

이곳에 있는 건 욤뿐만이 아니었다.

러셀의 모습도 있었다.

움직이지 못하게 된 라쿤에게서 무기를 양도받아 그대로 달리아 용병단의 소형 기동기사와 싸웠다.

『욤은 아군 구조를 우선! 샤르멜! 상황이 이렇다. 특별 수당은 도외시하고 싸워줘야겠다!』

러셀이 강한 어조로 명령하자 샤르는 싫어하는 소리를 내면서도 명령을 들었다.

『네, 네. 말 안 해도 싸운다고요~. 어차피 수송함을 잃으면 제 평가가 내려간다고요~.』

샤르가 상대하는 건 기사가 탄 것으로 보이는 버클러였다.

라쿤에게 받은 전투용 도끼로 적을 덮치고 있었다.

러셀은 둘에게 지시를 내리고 전장을 지휘하면서 싸웠다.

머신건을 들고 주변을 넓게 보고 있었다.

『손상된 기체는 물러나라! 제3소대인 너도 동료를 회수해서 물러나라.』

지시를 받은 래리는 더그의 기체를 회수하러 갔다.

"더그! 무기가 없으면 같이 물러나자!"

『──어, 어어.』

어안이 벙벙해진 더그의 목소리를 듣고 무사한 것을 확인한 래리는 가슴을 쓸어내렸다.

그리고 전장을 이탈하면서 아탈란테와 골드 라쿤의 싸움을 봤다.

"저 녀석, 저대로 적 에이스랑 싸울 생각인가."

무모하다고 생각했다.

하지만 아탈란테는 서서히 골드 라쿤을 밀어붙이기 시작했다.

◇

(뭐냐고, 저 계집은!!)

골드 라쿤── 키메라의 콕핏에서 시레나는 초조함을 느끼고 있었다.

이전엔 조정이 부족한 골드 라쿤으로 아탈란테와 싸웠는데, 익숙하지 않은 기체라서 이기기는커녕 거의 패배했다.

그러나 지금은 조정을 끝냈다.

몇 번이나 실전을 반복하여, 지금은 마치 자신의 수족처럼 부릴 수 있었다.

그런데 과부하 상태로 이행하지 않은 아탈란테를 격파하지 못하고 있다.

오른손에 들고 있던 돌격소총의 총구를 겨누자, 아탈란테가 바로 반응했다.

(움직임이 변했어?)

자신감이 붙은 듯한 움직임을 보고 시레나는 『적도 경험을 쌓았다』는 것을 알아차리고 마음을 다잡았다.

(가지고 놀 의도는 없었는데, 무의식 중에 깔보고 있었던 것 같네.)

키메라가 환상을 만들었다.

시야와 레이더에서 한순간 사라진 키메라는 아탈란테를 향해 왼팔을 창처럼 찔렀다.

아탈란테는 완전히 피하지 못했지만, 그래도 흉부 장갑을 살짝 깎이기만 하고 끝났다.

시레나는 그대로 더 파고들려고 했지만.

"이대로 가지고 놀다가 죽여── 이런?!"

알아차렸을 때는 늦었다.

아탈란테는 흉부 장갑을 살짝 깎였지만, 접근한 키메라의 왼팔을 권총의 블레이드로 찌르고 방아쇠를 당겼다.

팔꿈치 관절을 파괴당해 왼팔을 쓸 수 없게 된 키메라는 억지로 뒤로 물러섰다.

하지만 아탈란테가 떨어지지 않았다.

물러난 만큼 거리를 좁히더니 쌍권총에 장착된 블레이드로 베려고 달려들었다.

"칫!"

앞으로 나와 키메라의 두꺼운 흉부 장갑으로 막았다.

아탈란테의 블레이드는 전투로 인해 한계에 달했는지, 방금 충격으로 산산조각 나버렸다.

이로써 남은 권총은 하나.

시레나는 식은땀을 흘렸다.

(이대로 가면 이길 수 있겠지만, 시간이 너무 많이 걸려……!)

이대로는 원래 임무에 지장이 생길 수밖에 없다.

철수를 생각하고 있으니, 아군에게서 통신이 들어왔다.

상대는 미겔라였다.

『뭐 하는 거야! 빨리 날 구해!』

그 순간 시레나는 화가 치솟았다. 주변에 있는 적과 아군 상관없이 발신된 통신이었기 때문이다.

이건 기함의 위치를 알려주는 거나 마찬가지였다.

"이렇게까지 어리석은 자였을 줄이야!"

내뱉듯이 말하자 부하 한 명이 허둥거리고 있었다.

『크, 큰일입니다! 우군의 함정이 격추당하고 있습니다!』

"뭐야?!"

시레나가 황급히 레이더를 확인하니, 우군의 함정── 반란군의 함정이 차례차례 파괴되어 갔다.

레이더에서 우군을 나타내는 마커가 잇따라 사라진다.

그 순간 이번에는 적에게서 무차별 통신이 날아왔다.

『빨리 구하러 오지 않으면 이 마리 마리안이 전부 해치울 거예요. 이봐, 왜 그러는 거야? 덤비라고!!』

난폭한 여기사── 호위 함대를 이끄는 책임자가 직접 기동기사를 타고 전장에서 날뛰고 있었다.

시레나는 눈을 휘둥그레 떴다.

"끝까지 이론을 무시하는 녀석들이네."

여우를 연상케 하는 머리 실루엣을 가진 기동기사, 테우멧사.

테우멧사는 마리와 휘하 부대만 운용하는데, 어시스트 기능이 없어서 조종하기가 몹시 어렵기 때문이다.

이런 수동 기체는 조작이 어려운 대신, 실력만 있다면 어시스트 기능이 달린 기체보다 높은 성능을 낼 수가 있다.

애초에 실력이 없다면 수동 조종은 꿈도 꾸지 못한다. 마리와 부하들은 그 어려운 기체를 조종할 수 있는 파일럿이다.

"통일 정부 쪽 군대와 싸우는 건 오랜만이야."

콕핏 안에서 마리가 입맛을 다시자, 기함의 브릿지에 남겨진 헤이디가 부러워했다.

『사령관이 전선에 나서면 안 되지. 적어도 부사령관한테 맡겼어야지.』

함대를 지휘하기보다는 기동기사로 출격하고 싶었을 것이다.

불평하는 헤이디에게 마리는 웃음을 지은 채로 말했다.

"다음 기회가 있으면 출격시켜 줄게."

『다음이 있으면 좋겠는데…… 아니, 역시 귀찮으니까 됐어.』

출격해 보고 싶지만, 그렇다고 습격당하는 건 귀찮았다.

마리는 주위에 모이는 통일 정부계 군함과 인간형 기동병기를 보고 조종간을 다시 잡았다.

"고작 이 정도 숫자로 날 이기려고요? 이 마리 마리안을 너무

얕잡아봤네."

주위에 모인 인간형 기동병기들을 지나가는 순간에 차례차례 격파해 나갔다.

헤이디와는 대화를 계속하고 있었다.

『우리가 활약한 건 꽤 오래전이니까, 잊혀도 어쩔 수 없지.』

그것도 그런가, 라며 납득한 마리는 미소를 지었다.

"그렇다면 마리 마리안이 다시 너희에게 공포를 심어주지. 내 이름을 듣기만 해도 부들부들 떨게 만들어서 두 번 다시 제국의 영토에——."

두 번 다시 제국의 영토에 발을 못 들이게 하겠다, 그렇게 말하려다가 마리는 입을 다물었다.

작게 머리를 흔들고 다시 말했다.

"——번필드가를 거스르면 어떻게 되는지 가르쳐주겠사와요."

◇

시레나가 탄 키메라의 모니터에는 불길에 휩싸인 전함을 내려다보고 있는 보라색 기동기사가 비치고 있었다.

슬렌더한 실루엣.

머리의 디자인은 여우를 연상케 했다.

시레나는 그 기체를 알고 있다.

"제7의 테우멧사."

이전에 제7병기공장에 잠입했을 때 테우멧사에 대한 설명도 들었다.

에이스용으로 마련된 기동기사라는 설명을.

그런 기동기사가 전장에 있다는 건, 번필드가의 에이스가 있다는 증거다.

단 한 기만 있어도 성가실 것 같은데, 문제는 마리 마리안이라 이름을 댄 기사 주위에 동형기가 있다는 점이었다.

한둘이 아니다. 얼추 봐도 30기 가까이 있었다.

그런 테우멧사들이 반란군의 인간형 기동병기를, 함정을 잇따라 파괴해 나갔다.

소수 정예── 마치 에이스만을 모은 것 같은 기동기사 부대였다.

반란군의 저항이 무의미하게, 차례차례 침몰해 갔다.

시레나의 조종간을 쥐는 힘이 강해졌다. 어느샌가 식은땀을 흘리고 있었다.

머릿속에서는『철수』라는 글자가 떠올랐지만, 아탈란테가 집요한 탓에 쉽지 않았다.

도무지 놓아줄 것 같지 않았다.

권총 한 자루로 자신을 상대하는 아탈란테의 파일럿. 2년 전과는 전혀 다른 사람처럼 보였다.

"실력을 많이 키웠네. 그때의 아가씨와는 다른 사람 같아."

초조함을 숨기고 엠마에게 말을 거니 대답이 돌아왔다.

『빨리 돌려줘. 그 기체는 그 사람의——!』

"여전히 착실한 아가씨네. 그런 점이, 난 정말 싫다고!"

왼팔을 잃긴 했지만, 시레나는 엠마에게 질 생각이 없었다.

아탈란테는 잔탄도 없고 과부하 상태도 될 수 없다.

파일럿도 지친 게 보였다.

그리고 주위를 보니 부하들이 적 부대를 밀어붙이고 있었다.

일부 네반이 버티고는 있지만, 머지않아 밀려날 것이다.

시간만 있으면 시레나 일행의 승리다.

그렇다, 시간만 있으면.

(반란군이 좀 더 버텨줬으면 처치할 수 있었을 텐데!)

머릿속에서 철수 타이밍을 재고 있으니, 아탈란테가 권총을 내던지고 사이드 스커트에서 레이저 블레이드 두 자루를 꺼냈다.

"하, 쌍권총도 모자라서 이도류? 그런 임기응변으로 나한테 이길 수 있다고 생각하는 거야?"

아탈란테가 이도류로 덤벼들었지만, 시레나는 그렇게까지 위협을 느끼지 못했다.

자세나 움직임을 보면 이도류가 특기인 기사들과 비교해서 서투른 모습이 눈에 띄었기 때문이다.

『물론!』

단언하는 엠마를 보고 시레나는 약간 놀랐다.

예전의 엠마를 알고 있는 만큼, 단언할 줄은 몰랐기 때문이다.

가냘프고, 꿈 많고, 조종 기술이 조금 뛰어난 기사.

그냥 허세를 부린다고 한 말이라면 놀릴 수 있었겠지만, 진심으로 말했다는 게 전해져 와서 불쾌감을 드러냈다.

"아무것도 모르는 애송이가!!"

키메라도 오른팔에 근접 무기를 들고 아탈란테를 베려고 달려들었다.

에너지 블레이드끼리 부딪쳐 불꽃 같은 빛이 발생했다.

몇 번이고, 몇 번이고.

계속 치고받으니 시레나 안에서 초조함이 커지기 시작했다.

(이 녀석 어설픈 움직임으로도 달려들고 있어. 날 무서워하지 않아?! 끝까지 마음에 안 드는 아이네!)

키메라의 전투 도끼형 빔 액스가 아탈란테의 오른팔을 베어서 날렸다.

그 순간, 시레나는 승리를 확신했지만—— 그게 화가 되었다.

예전과는 다른 사람이 된 엠마가 모는 아탈란테의 레이저 블레이드가 키메라의 오른쪽 어깨 관절을 베어서 날려버렸다.

"이런?!"

『이걸로 끝이에요!』

아탈란테의 레이저 블레이드가 키메라의 목 관절에 박히려는 순간.

『단장님, 이 이상은 위험합니다. 지원하겠습니다!』

부하들이 탄 버클러가 급하게 왔다.

(승부를 내고 싶었지만, 너무 집착했어.)

자신이 엠마에게 집착하고 있다며 반성하면서 부하들과 집단으로 아탈란테 파괴를 결행했다.

지금의 아탈란테라면 이길 수 있다고 생각했는데, 시레나의 부하가 탄 버클러가 잇따라 폭발했다.

"뭐야?!"

그러자 허공에서 세 기의 테우멧사가 나타났다.

테우멧사가 나타나자, 부하들이 일제히 덤벼들었다.

『증원인가. 그럼 같이 때려눕혀주지!』

기세 좋은 부하가 제일 먼저 돌격하는 걸 시레나는 필사적으로 막았다.

"그만둬!"

명령이 무색하게, 부하가 탄 기체는 해머를 든 테우멧사의 일격에 도륙당했다.

그걸 신호로 다른 테우멧사도 전투에 나섰다. 아군이 잇따라 격파당했다.

"큭! 철수!"

시레나가 철수 명령을 내리자, 버클러들이 서둘러 철수했다.

테우멧사들은 등을 보이고 도망치는 시레나 일행을 추격하지 않았다.

토벌보다 수송함 호위를 우선하는 것이다.

시레나는 콕핏 안에서 자기 잘못을 후회했다.

"또 판단을 잘못했어! 난 왜 그 아이에게——."

무리하지 않고 물러났어야 했다.

평소의 자신이었다면 시간이 너무 지체된 시점에서 철수했을 것이다.

그런데 엠마를 앞에 두면 아무래도 순순히 물러날 수 없었다.

또다시 엠마와는 승부가 나지 않았다.

하지만 결과를 보면 부하를 많이 잃은 자신의 패배라는 걸 시레나도 알아차리고 있었다.

◇

달리아 용병단이 철수하자 테우멧사 한 기가 아탈란테에게 다가왔다.

『무사한 것 같네!』

호쾌하게 웃는 목소리를 들으니, 아무래도 카를로인 듯했다.

"카를로 씨?! 왜 여기에?"

『마리가 도와주라고 해서. 그건 그렇고 잘 버텨냈네.』

카를로가 봐도 엠마 일행은 충분히 활약한 것처럼 보인 모양이다.

"감사합니다."

『신경 쓰지 마. 그보다 여긴 우리가 맡는다. 지금 보급을 끝내두라고.』

"네!"

카를로와의 대화를 끝낸 엠마는 바로 동료의 상황을 확인했다.

"여러분 무사한가요!"

러셀 일행이 탄 네반 커스텀을 보니, 피해를 상당히 많이 입은 것 같았다.

하지만 3기 다 무사한 것 같다.

수송함을 지키면서 메레아의 기동기사 부대를 지켜준 모양이다.

러셀이 대답했다.

『이쪽은 무사하다. 하지만 메레아의 부대에 피해가 나왔어. 3기 격추당했다. 미안하다.』

엠마는 눈을 크게 뜨고 숨을 죽였다.

"3기나……."

아군이 격추당했다는 건 무전으로 들었지만, 실제로 전해 들으니 동요됐다.

러셀은 그렇게 동요하는 걸 알아차렸을 것이다.

『지휘관이 동요하면 안 돼. ──넌 끝까지 당당해야 한다. 표현은 좀 그렇지만, 적은 피해로 호위 대상을 지낸 거다.』

고개를 떨구고 떨고 있는 엠마는 말했다.

"그래도── 피해는 내고 싶지 않았어."

러셀은 기가 막힌다는 듯이 한숨을 쉬었고, 그리고──.

『정신이 못 버텨내면 군에서 떠나는 편이 좋을 거다. 앞으로 살아남아서 계속 싸우면 너나 나나 많은 부하를 죽게 하겠지. 싫으면 지금 제대해야지.』

러셀의 기체가 부하 둘을 데리고 그대로 아군 구조를 시작했다.

엠마는 자신이 울고 있다는 것을 깨닫고 헬멧을 벗고 얼굴을 닦았다.

"아직 안 끝났어. 보급과 정비를 받으면 재출격해야 해."

전투는 끝나지 않았다며 마음을 다잡았지만, 엠마에게 재출격 기회는 찾아오지 않았다.

◇

메레아의 격납고.

몰리가 아탈란테의 보급과 정비를 하는 사이, 휴식 중인 엠마는 콕핏에서 간이 영양식 알약을 씹어 먹고 있었다.

간단히 영양 보충을 끝내고 재출격 준비를 했다.

"러셀 대위, 출격 준비는 어떻습니까?"

『보급이랑 정비가 늦어지고 있어. 30분은 필요해.』

"——알겠습니다."

아탈란테의 정비와 보급은 이제 곧 끝나지만, 메레아의 정비병은 기량이 높지 않다.

바로 출격할 수 없다는 걸 알고 엠마는 밖으로 나왔다.

거기에 더그와 래리가 기다리고 있었다.

래리가 엠마에게 출격을 희망했다.

"우리도 간다. 이대로 끝낼 수 있겠냐고."

달리아 용병단을 상대로 아무것도 못 한 게 분했던 모양이다.

부하들이 의욕을 보여서 기뻤지만, 엠마는 지휘관의 가면을 썼다.

표정을 만들고, 냉정하게 판단을 내릴 수 있도록 무표정을 짓도록 노력했다.

"허가할 수 없습니다. 대기하세요."

래리가 분한 표정을 짓자 더그가 엠마 앞에 나왔다.

"우리도 도움이 된다고 생각한다만?"

아까 수송함을 지킬 때 시간을 번 건 더그 일행이다.

덕분에 수송함을 잃지 않았다.

확실히 도움이 됐지만 엠마의 판단은 변하지 않았다.

"──여러분 덕분에 수송함을 지킬 수 있었던 건 사실입니다. 하지만 더 이상의 희생은 낼 수 없습니다."

"아가씨!"

더그가 소리쳤지만, 엠마는 한 걸음도 물러서지 않았다.

"전 중위예요, 준위. 그리고 당신들은 압도적으로 훈련 시간이 부족합니다. 이대로 출격하면 또 전사자가 나와요."

엠마가 곁눈질로 본 건 격납고로 반입된 라쿤 3기의 잔해.

그 외에도 파일럿은 무사하지만, 중파 된 기체가 많았다.

라쿤은 제7병기공장이 자신감을 가지고 세상에 내보낸 기체다.

그런 라쿤을 쓰고 용병단 상대로 이렇게까지 몰린 건 파일럿의 기량에 원인이 있다.

세 사람이 언쟁하고 있으니 긴급한 통신이 들어왔다.

『전 함대에 전달. 적 함대가 패주하기 시작했으나 추격은 불필요. 반복한다, 추격은 불필요. 메레아는 이대로 호위 대상 옆에서 대기한다.』

아무래도 밖에서는 전투가 끝을 맞이하고 있는 것 같았다.

엠마는 그걸 듣고 안도했다.

"——아무래도 끝난 것 같네요."

더그와 래리가 뭔가 말하고 싶어 했지만, 엠마는 무시하고 아탈란테의 콕핏으로 한 번 돌아갔다.

◇

모함에 귀환한 시레나는 바로 브릿지로 향했다.

거기서 상황을 확인했는데 예상보다 훨씬 좋지 않았다.

"미겔라는 어떻게 됐어?"

오퍼레이터가 고개를 저었다.

"기함에서 도망치는 걸 적기에게 발각당해 격파당했다고 합니다. 최후가 지독했어요. 자신은 성간 국가의 대통령이니 그에 맞는 대우를 요구한다면서."

목숨을 구걸한 건 예상했던 일이지만, 설마 주저하지 않고 사살할 줄은 몰랐다.

"통일 정부와 교섭할 때 쓸 수 있지 않나? 왜 사살했지?"

"적도 설마 반란군의 수령이 정말로 전장에 있을 줄은 몰랐던 게 아닐까요?"

"그것도 그렇네."

이런 곳에까지 얼굴을 내민 미겔라의 판단 미스다.

하지만 부하의 보고는 끝나지 않았다.

"그보다 마리 마리안 말입니다만, 상상 이상의 괴물이었어요."

"그렇게나?"

"함정은 전함을 포함해서 단독으로 15기. 강화 병사가 탄 인간형 기동병기는 50기 이상. 일반병이 탄 기동기사를 더하면 격추 수는 세 자릿수에 달합니다."

부하는 핏기가 조금 가신 얼굴을 하고 있었다.

그런 괴물이 있는 전장에서 싸웠다고 생각하니 뒤늦게 무서워진 것이리라.

시레나도 같은 기분이었지만 부하들 앞이기도 해서 허세를 부리는 수밖에 없었다.

"성가시네. 두 번 다시 조우하고 싶진 않지만, 대항책을 세워야겠어."

강적이긴 하지만 쓰러뜨릴 방법은 있을 것이라며 시레나는 주위를 안심시켰다.

부하들도 시레나의 대책이라면 안심할 수 있는지, 침착함을 조금 되찾았다.

시레나는 홀로 번필드가의 전력에 대해 생각했다.

(첸시도 그렇고, 이번에 본 마리도 그렇고, 번필드가에는 성가신 놈들이 많네. 정공법으로는 어떻게 안 되겠어. ──정공법이라면, 말이지.)

◇

전투가 끝난 메레아의 함내에서는 전원이 예복으로 갈아입고 밖을 바라볼 수 있는 곳에 정렬해 있었다.

모두 전사한 파일럿들에게 경례했다.

엠마도 기사용 예복의 색을 검은색으로 변경해서 참가했다.

주위에서는 매정한 말이 날아들었다.

"저 녀석의 점수 벌이에 말려들어서 셋이나 죽었네."

"저 녀석은 이번 싸움으로 훈장을 받을 수 있대."

"우린 쓰고 버리는 장기말이냐고."

뒤에서 들려오는 목소리에 엠마의 표정이 어두워졌다.

(나도 희생자를 내고 싶지 않았어. 그래서 출격시키지 않았는데.)

억지로 출격한 건 전사한 파일럿들이다.

하지만 자세한 사정을 모르는 일반 승조원들이 보기에는 엠마 때문에 동료가 죽은 것처럼 보였을 것이다.

아니면 알면서 화풀이하는 것이거나.

기사는 많든 적든 질투와 두려움을 산다.

그들도 엠마에게 직접 말할 수는 없으니, 험담을 들리게 하는 게 고작이었을 것이다.

옆에 서 있는 러셀이 고개를 숙인 엠마를 곁눈으로 보면서 말했다.

"고개를 들어라."

"러셀── 대위?"

"넌 훌륭하게 싸웠다. 다른 사람들의 질투와 반감을 신경 쓰지마라. 그리고 넌 할 수 있는 일을 했다. 라쿤이 배치되지 않았다면 메레아의 파일럿들은 지금보다 더 많이 죽었을 거다."

"──사실은 아무도 죽게 하고 싶지 않았는데."

그래도 엠마는 납득하지 못했다.

러셀은 그런 엠마에게 일부러 차가운 말투로 말했다.

"이 정도 희생으로 고민한다면, 넌 기사에 적합하지 않아. 나도 너도 앞으로 계속 싸운다면 많은 부하를 잃을 거다. ──받아들일 수 없다면 기사를 그만두고 군에서 떠나는 편이 좋을 거다."

전장에서 들은 말을 이 자리에서도 또 듣고 말았다.

기사를 그만둬라. ──기사 학교를 막 졸업했을 때도 그런 말을 들었지만, 이번에는 전에 들었을 때보다 상냥함이 느껴졌다.

동기를 위로하고 격려하는 것처럼 들렸다.

"이번엔 상냥하네요. 전에는 절 싫어했는데."

엠마가 과거를 떠올리고 그렇게 말하자 장례식이 끝나고 함내 방송이 해산을 알렸다.

모두가 이 자리에서 떠나는 가운데, 러셀은 머리를 긁적였다.

멋쩍은 듯이 당시의 이야기를 했다.

"그때의 난, 네가 진심으로 기사를 그만둬야 한다고 생각했으니까. 아무것도 모르고 정의의 사도가 되고 싶다고 말하는 널 보고 화가 났어."

속마음을 이야기하기 시작한 러셀은 가까이에 있던 벤치에 걸터앉았다.

엠마도 같이 옆에 앉았다.

러셀은 엠마에게 자신의 신상 이야기를 했다.

"기사 학교에 있었을 때, 너희는 내가 엘리트 일가에서 태어난 존재라고 생각했을 거야. 그렇지?"

엠마는 기사 학교 시절을 떠올리고는 쓴웃음을 지으면서 고개를 끄덕였다.

"아버지가 정청의 관료라고 들었으니까."

"——그래. 그건 사실이야. 하지만 엘리트 일가인 건 아니야. 애초에 번필드가에 엘리트라 불릴 만한 일족은 거의 존재하지 않아."

단언하는 러셀의 표정은 진지해서 농담하는 것 같지 않았다.

"어?"

엠마가 고개를 갸웃하자 러셀은 옛날이야기를 했다. ——자신이 태어나기 전의 이야기다.

"지금의 영주님이 태어나기 전의 이야기야. 아버지는 열심히 공부한 끝에 일반인이지만 정청에 채용돼서 일할 수 있게 되었어.

처음엔 아버지도 백성을 위해 열심히 일할 생각을 하셨지. 하지만—— 당시의 정청은 부정부패가 가득해서 제대로 기능하지 않았어."

엠마의 머릿속에서는 클로디아에게 들은 이야기가 되살아났다.

영주님—— 어린 리암이 각오를 다지고 개혁을 단행했다는 이야기가.

러셀은 비통한 표정을 짓고 있었다.

"당시의 이야기를 하는 아버지는 분한 마음에 술을 마시며 울고 계셨어. 도움을 구하는 사람들을 앞에 두고 자기는 아무것도 못 하고 상사의 부정을 보고 있을 수밖에 없었다면서. 착실한 사람일수록 망가지는 상황이었대. 아버지도—— 술 때문에 몇 번인가 건강을 해쳤다고 해."

"——끔찍한 시대였다고는 들었는데."

"그렇지. 너무 끔찍해서 웃을 수 없는 이야기야. 그런 때에 세대교체가 일어났지. 지금의 영주님이 개혁한 거지. 당시의 관료 대부분은 부정부패를 이유로 처벌받았어. ——그때부터였어. 아버지는 기쁜 듯이 말했지. 드디어 자신이 목표로 하던 일을 할 수 있게 되었다고."

부정부패투성이였던 상층부가 사라져 드디어 행정이 원래 기능을 발휘했다.

러셀의 아버지는 그걸 애타게 기다리고 있었다고 한다.

러셀은 이야기가 샜다고 생각했는지 살짝 부끄러워했다.

"난 아버지를 존경하고 있어. 그런 아버지가 리암 님께는 특별한 은혜를 느끼고 있어서. 나도 개인적으로 존경하고 있는 거지."

"그랬구나."

설마 러셀이 자신과 같은 마음을 가지고 있을 줄은 엠마도 몰랐다.

러셀은 계속 살짝 부끄러워했다.

"뭐, 무슨 말이 하고 싶은 거냐면, 실력 없는 자가 번필드가의 기사가 되는 건 용납할 수 없었다는 말이야. ——지금 생각하면, 내가 널 싫어했던 이유도 유치한 거였군."

사죄하는 러셀을 보고 엠마는 고개를 저었다.

"실력이 부족한 건 사실이니까 괜찮아. 그때의 난 정말 형편없었으니까."

당시의 자신을 떠올리면 엠마도 부끄럽기만 했다.

러셀을 비난할 마음은 들지 않았다.

용서받은 게 뜻밖이었던 러셀은 엠마에게 미소 지었다.

"넌 다정하구나. 하지만 그 다정함이 가끔 너를 괴롭힐 거다. 지금 기사를 그만두고 군에서 떠나는 것도 하나의 선택이야."

러셀은 진지한 표정을 짓고 있었고, 엠마도 진지하게 대답했다.

"난 지금도 정의의 사도를 목표로 하고 있으니까 이대로 기사를 계속할 거야. 절대로 그만두지 않을 거야."

엠마의 대답을 들은 러셀은 약간 기뻐했다.

"그런가. 그러면 이 이상은 아무 말도 하지 않을게."

통일 정부와의 교섭을 끝낸 호위 함대는 본성으로 귀환했다.

그런 와중.

엠마가 메레아의 트레이닝 룸에 얼굴을 비췄는데, 거기엔 러셀 소대 외에 몇 명의 아는 사람의 모습이 있었다.

그 싸움 이후로 트레이닝에 참여하는 멤버가 늘었다.

그중에는 자기 부하들도 있었다.

"더그 씨, 래리 씨?"

트레이닝을 하고 있는 두 사람을 보고 놀라 입구 앞에 가만히 서 있으니 먼저 와있던 몰리가 엠마에게 달려왔다.

"들어봐, 엠마! 둘 다 트레이닝을 제대로 하겠대! 엠마한테 혼 난 게 어지간히 자극이 됐나 봐."

"어? 그래?"

엠마가 둘의 얼굴을 보니, 땀투성이가 된 두 사람은 얼굴을 찌 푸리고 있었다.

래리는 트레이닝을 너무 빼먹었는지 보통 루틴도 소화하지 못 하는 상태가 돼 있었다.

괴로운지 얼굴이 창백했다.

"아니야! 이건 우리가 정한 거다. 저번 전투에서 나름 느낀 게 있어서 트레이닝하러 왔을 뿐이다."

숨을 헐떡이며 대답하는 래리 옆에는 마찬가지로 땀투성이가 된 더그가 있었다.

육체의 쇠퇴—— 트레이닝을 게을리해서 움직이지 않게 된 몸에 살짝 충격을 받은 듯한 얼굴을 하고 있었다.

"고작 애들처럼 혼났다고 우리가 움직일 것 같아?"

더그는 엠마의 말을 듣고 움직이는 게 아니라고 주장했다.

"하지만 중위님의 말도 틀리지는 않았지. 그래서 우리 나름대로 돌이켜 본 거다."

더그는 엠마를 중위님, 이라고 불렀다.

그걸 듣고 몰리가 팔꿈치로 엠마를 몇 번인가 찔렀다.

"어때? 어때! 둘 다 의욕이 생겼대!"

"——."

엠마는 놀란 눈으로 그들을 바라보았다.

그러고는 이내 곧 부드러운 표정이 되었다.

"그러면 기동기사 파일럿으로서 더 단련해야겠네요. 오늘부터는 제가 두 사람의 루틴을 준비할게요!"

의욕을 보이는 엠마를 보고 땀범벅이 된 래리와 더그는 굳은 표정을 지었다.

"좀 봐줘라. 나는 공백기가 길다고."

"난 나이가 꽤 있는데?"

변명하며 회피하는 두 사람에게 엠마는 단호한 마음으로 말했다.

"안 돼요. 일단 오늘부터는 트레이닝 시간을 늘려요. 시뮬레이터 훈련 시간도요. 지금까지 뒤처진 걸 만회해야 하니까요."

엠마가 의욕을 보이자 더그와 래리가 파랗게 질렸다.

지금의 엠마는 절대로 물리지 않을 걸 알기 때문이다.

몰리가 둘을 놀렸다.

"둘 다 열심히 해~."

하지만 몰리도 놀릴 수 있는 상황이 아니었던 모양이다.

"어디가? 몰리도 마찬가지야. 정비병이라고 트레이닝에서 열
외는 아니야."

"나도?!"

트레이닝 룸에서 제3소대의 모습을 보고 있던 러셀은 미소를
띠고 있었다.

"단합된 것 같아서 다행이군."

그런 러셀을 욤이 신기하다는 듯이 바라보고 있었다.

"기뻐 보이네요? 러셀 대장님은 로드먼 중위를 싫어하지 않았
나요?"

"라이벌이 강해지면 번필드가의 힘이 된다. 좋은 일이 아닌가?"

러셀이 당연하다는 듯이 말해서 욤은 아무 말도 못 하고 어깨
를 으쓱였다.

그리고 자신들의 문제아에게 시선을 돌렸다.

"그보다 샤르 좀 어떻게 해주세요."

"샤르멜 중위?"

러셀이 샤르가 있는 쪽을 보니, 트레이닝에 열중하는 모습이 보였다.

샤르는 땀투성이가 되어 있었는데, 그 시선은 엠마를 향하고 있었다.

아무래도 엠마에게 대항심을 품은 듯했다.

"열심히 하는 게 나쁘다고 생각하진 않는다만?"

그런 러셀의 인식에 욤은 기가 막혔다.

자극받은 건 금전욕 쪽이에요. 로드먼 중위가 이번 싸움에서 격추 수가 20기가 넘고 함정도 여럿 격파했잖아요? 훈장과 함께 특별 보수를 받는다는 말을 듣고 의욕을 낸 거예요."

엠마가 가능하다면 자신도 할 수 있다! 라는 사리사욕이 가득한 이유였다.

러셀은 욤의 이야기를 듣고 뭐라 형언할 수 없는 표정을 지었다.

"뭐, 이유야 어찌 됐든 의욕이 있으면 좋은 거지. 난 그렇게 생각해."

◇

임무를 마친 호위 함대가 귀항한 곳은 번필드가의 본성인 하이드라 근처에 있는 우주 요새였다.

자원 위성을 이용한 군사기지이며, 내부에는 함정을 수용하는 도크가 있다.

도크 안에 고정된 메레아에서 승조원들이 내렸다.

엠마와 제3소대와 러셀의 소대 멤버도 함께였다.

하지만 그 중에게는 짐을 꾸린 승조원들도 있었다.

그중 한 명이 더그에게 말을 걸었다.

"넌 남는 거냐?"

"그래── 넌 내리는 거냐?"

내리는 승조원은 뭐라 표현할 수 없는 표정을 비치며 엠마를 힐끗 봤다.

복잡한 표정을 지으면서도 정중한 경례를 했다.

엠마가 경례로 답하자, 내리는 승조원은 쓴웃음을 지었다.

"중위님의 말을 듣고 정신 차렸어. 그렇다기보다는 알고 있었지. 이미 오래전에 마음이 꺾여버렸구나, 하고. 빨리 다음으로 넘어갔어야 했어. 그래서── 난 군인을 그만두는 거야."

상대와는 오랫동안 알고 지냈던 더그는 조금 쓸쓸한 듯이── 하지만 친구의 새 출발을 축복했다.

"이제 어떻게 할 생각이지?"

"민간에 돌아가기 전에 군이 직업훈련을 시켜준대. 지금은 여기저기 엄청 바빠서 일자리는 넘치는 모양이니까. 이번엔 진지하게 열심히 할 거야."

"그러냐."

"너희도 열심히 하라고."

그렇게 말하며 짐을 들고 내리는 승조원이 전체의 4할 이상이었다.

엠마는 그 광경을 씁쓸한 심정으로 보고 있었다.

"내가 좀 더 열심히 했으면——."

그때, 메레아 옆에 고정되어 있던 기함에서 마리 일행이 내렸다.

시끄러운 기사 집단을 앞에 두고 엠마 일행이 경례했다.

가장 먼저 알아차린 건 헤이디였다.

"오, 활약한 젊은이들이 있잖아."

그때 마리가 엠마와 러셀에게 걸어왔다.

그대로 둘의 어깨에 팔을 걸치고 안으며 이야기했다.

"잘했어요, 둘 다."

"아, 네! 감사합니다!"

마리는 러셀에게도 말했다.

"엘리트 가도를 달려온 당신에겐 좋은 경험이 되었죠? 지금 식견을 넓혀두세요. 이후에 번필드가를 떠받치는 기사가 된다면 필요한 경험이에요."

"! 앞으로도 경험을 쌓겠습니다!"

"좋아요."

감동하고 있는 러셀 옆에서는 엠마가 복잡한 표정을 지었다.

자신의 고집을 밀고 나간 결과를 마리에게 전해야 한다고 생각했다.

"——결국 많은 승조원이 배에서 내리고 말았습니다."

자신은 당신처럼 잘 해내지 못했다고.

메레아의 모습을 본 마리는 엠마에게 미소 지었다.

"반이나 남았으면 잘한 거예요. 앞으로는 새로운 인원을 받아서 부대를 다시 세울 필요가 있으니 더 기합을 넣으셔요."

"네?"

새로운 인원이라는 말을 듣고 놀란 엠마에게 마리는 장난치는 아이처럼 웃음을 보였다.

"희망대로 부대는 존속시킬게. 앞으로도 열심히 하세요, 엠마 로드먼."

지금까지는 『아탈란테의 파일럿』이라 부르던 마리가 처음으로 엠마를 이름으로 불렀다.

그대로 떠나가는 등을 보고 엠마는 조금 늦게 대답했다.

"아, 네!"

◇

번필드가의 본성인 하이드라로 돌아온 마리와 헤이디. 두 사람은 정청의 집무실에서 앞일을 논했다.

버릇없이 책상에 앉은 마리에게, 소파에 앉은 헤이디가 얼굴을 보지 않고 물었다.

"아탈란테의 파일럿을 추천했다는 이야기가 정말이야? 마리."

마리는 책상에 앉아 보고서를 정리하고 있었다.

이번 통일 정부와의 교섭과 뒤에서 준동하는 존재에 대한 자료를 정리하고 있었다.

"엠마 로드먼이다, 헤이디."

업무 모드로 무표정하게 대답하는 마리를 보고 헤이디는 어깨를 으쓱였다.

하지만 기쁜 듯했다.

"정말 마음에 든 것 같네. 그런 이유로 엠마의 승진과 승격을 추천한 건가?"

이번 임무에서의 활약으로 엠마는 대위로 승진하고 기사 랭크는 A로 승격되는 게 마리의 독단으로 거의 결정되어 있었다.

마리의 추천이 결정타였다.

이로써 엠마는 동기 중에서는 가장 출세한 사람이 되었다.

마리는 서류 작업을 일단락 짓고 기지개를 켜면서 승진 의도에 관해 이야기했다.

"실력도 있고 경험을 쌓았다면 문제없어. 그 여자는 한동안 경험을 쌓게 하고 소중하게 키우려고 한 것 같지만."

그 여자, 라는 건 크리스티아나다.

엠마의 상황을 생각해서 한동안 중위인 채로 두고 소대를 맡기고 천천히 크는 것을 기다릴 생각이었던 모양이다.

하지만 마리는 그걸 허용하지 않았다.

"──하지만 우리에겐 시간이 없어. 우수한 기사에게 활약할 수 있는 지위와 장소를 준비하는 것도 중요한 일이지."

마리도 단순히 마음에 들었다는 이유만으로는 승진시키지 않는다.

엠마는 그에 걸맞은 힘이 있다. 그리고 상황을 생각하면, 그게 올바른 판단이었다.

헤이디도 찬성했다.

"그렇지. 그러면 엠마를 차라리 우리가 포섭할까?"

우리 파벌에 들일 것이냐는 질문에 마리는 고민스러운 표정을 보였다.

"리암 님이 주목하시는 기사를 섣불리 파벌에 넣어버리면 노여움을 살 가능성이 있어요."

헤이디가 낙담한 얼굴을 했다.

"그건 곤란한데. 대장을 화나게 하는 건 우리도 바라지 않아. 알았어. 우리 파벌 녀석들한테는 걔한테 섣불리 손대지 말라고 못을 박아둘게."

"부탁할게요. 그건 그렇고——."

마리는 메레아의 상황을 확인하기 위해 자료를 눈앞에 나타냈다.

순식간에 내용을 몇 페이지나 확인하고 미소를 짓고 있었다.

"——앞으로 그 아이가 어떻게 부대를 통합할지 기대돼."

원래 메레아—— 변경 치안 유지 부대 시절부터 인원 보충은 충분하지 않았다.

이번엔 많은 승조원이 배에서 내려버렸기 때문에 인원을 보충할 필요가 생겼다.

하지만 예전에는 좌천지라는 말까지 들은 부대쯤 되면 보충되는 인원도 심상치 않은 사람뿐일 것이다.

개성 넘치는 부하들에게 고전하는 엠마를 상상하고 마리는 미소 지으면서 생각했다.

(앞으로는 중대장으로서 힘내보렴.)

장기 휴가에 들어간 메레아의 승조원들은 각자 집에 돌아가 있었다.

엠마도 집에 돌아왔다.

자기 방에 틀어박힌 엠마는 작업대라 부를 수 있는 책상 위에 벌인 모형을 조립하고 있었다.

그건 산 이후로 만들지 못한 수많은 프라모델이었다.

"하아~. 언젠가 정식 아탈란테 프라모델도 갖고 싶다~."

하나를 다 조립하고 한동안 바라본 후에 자랑스러운 애용기에 대해 중얼거렸다.

방을 보니, 벽의 한 면이 장식 선반으로 개조되어 있었다.

거기엔 조립된 프라모델이 장식되어 있었다.

수납공간에는 제작하기 위한 도구가 있으며, 상자에 든 프라모델도 있었다.

완성한 프라모델을 선반에 장식하고 엠마는 컬렉션이 늘어났다며 기뻐했다.

침대에 누워 컬렉션을 바라보고 있으니 노크 소리가 들려왔다.

"누나 들어갈게~."

"그래~."

엠마의 동생이 방에 들어오자마자 약간 기겁한 표정을 지었다.

"누나의 방은 여전히 취미 일색이네."

"내 오아시스니까~."

오랜만의 자기 집, 오랜만의 자기 방, 엠마에겐 이 이상 쾌적할 수가 없었다.

그런 누나를 보고 동생이 걱정했다.

"패션이라던가, 달리 돈을 쓸 곳이 있지 않아?"

"음~, 일단 지금은 부족하지 않으니까 됐어."

집으로 돌아와 긴장을 풀고 있는 엠마를 보고 동생인 『루카』는 어이없어했다.

엠마와 마찬가지로 진한 갈색 머리칼을 가진 남자로, 평범하게 영지 안의 대학에 진학했다.

그래서 군대에 대한 사정은 잘 모른다.

엠마가 얼마나 활약했는지 가르쳐줘도 이해하지 못했다.

"이게 훈장을 받은 기사라니, 믿기지 않네."

훈장이라는 말을 듣고 엠마는 루카에게 등을 돌렸다.

낙담한 얼굴을 보여주고 싶지 않았기 때문이다.

그 이유는 단순히 기뻐할 수 없었기 때문.

적을 많이 쓰러뜨렸다—— 다시 말하자면 그만큼 많이 죽였다는 증거이기도 하다.

"——괜찮잖아. 집에서는 긴장을 풀고 있고 싶어."

루카는 크게 한숨을 쉬었다.

"그건 좋지만, 오늘은 부모님이 안 돌아오시니까. 점심은 우리끼리 알아서 먹으래. 난 친구랑 같이 밖에서 먹고 올 건데 누는 어떻게 할 거야?"

엠마는 상반신을 일으켰다.

그러고 보니 어머니가 그런 말을 했었지, 라고 생각하면서.

"나도 밖에서 먹을게. 아, 오랜만에 포장마차 순회도 좋을지도!"

기운을 차린 누나를 본 루카가 조금 안타깝다는 듯이 중얼거렸다.

"누나는 기사가 되어도 변하지 않네. 군대에서 잘 지낼 수 있을지 걱정돼."

"아니, 응, 그건…… 여, 열심히 할게."

제 입으로도 훌륭한 기사가 되었다고 말하지는 못하고 엠마는 대답을 흐리고 말았다.

◇

엠마가 온 곳은 공원의 광장이었다.

그곳에는 많은 포장마차가 늘어서 있어서, 과자나 음식이 부족하지 않았다.

식사를 할 수 있도록 테이블이나 의자도 마련되어 있고, 사면 그대로 먹을 수 있는 것도 좋다.

낮에는 가족으로 북적이고 밤에는 어른들이 술을 마시며 떠드는 곳이다.

"잠깐 떨어져 있는 동안에 포장마차가 늘었나?"

발걸음이 들뜬 엠마는 수많은 포장마차를 둘러본 뒤였다.

양손에는 비닐봉지에 든 많은 음식.

입에는 닭꼬치를 물고 먹으면서 걷고 있었다.

주위를 보니 가족 동반객 외에 연인들의 모습도 있었다.

──정말 평화로운 광경이다.

전장과는 다른 풍경.

자신들이 지켜야 하는 것.

"이런 광경이 언제까지나 이어졌으면 좋겠어."

이런저런 생각을 하고 있는데 엠마는 한 어린아이를 스쳐 지나갔다.

빨간 머리가 특징적인 활발한 여자아이. 나이는 10살이 안 되지 않았을까?

"엄마!"

"에렌도 참, 뛰면 안 되잖니."

"있잖아, 있잖아. 아이스크림 먹고 싶어!"

엠마를 스쳐 지나간 어린 아이는 그대로 어머니에게 안겼다.

어머니는 에렌을 안고 온화한 미소를 지었다.

"또? 에렌은 정말 아이스크림을 좋아하는구나. 하지만 하나만 먹어야 한다."

"응!"

미소가 절로 나오는 모녀의 모습에 시선을 빼앗겼는데, 품에 안긴 에렌이 알아차린 듯했다.

얼굴만 엠마에게 돌리고 신기하다는 듯이 고개를 갸웃거리고 있었다.

엠마는 깜짝 놀라 황급히 손을 흔들었다.

어린아이도 그런 엠마에게 손을 흔들어 호응했다.

모녀가 떠나가자, 엠마는 잠시 생각에 잠겼다.

"나도 언젠가 아이를 가지려나? 그 전에 남편인가? 으~음, 지금은 상상이 안 되네."

연애나 결혼에 대해 상상했지만 아무래도 현실감이 느껴지지 않는 엠마였다.

후기

『나는 성간 국가의 영웅 기사!』도 드디어 3권에 돌입했습니다! 이것도 응원해주신 독자 여러분 덕분입니다.

자, 이번 권에서는 드디어 엠마와 주위에 전환기가 찾아왔네요. 원래라면 1권 시점에 해야 했던 이야기라 생각합니다만, 쓰기 시작한 애초의 목적이 본편을 더욱 재밌게 읽을 수 있도록 하기 위한 설정 등의 보완이었기 때문에 이번 권까지 시간이 걸리고 말았습니다.

감상 등에서도 본편과 성격이 다르네?! 라는 의견을 자주 받는데, 본편에서는 다 쓰지 못한 등장인물들의 일면을 즐겨주셨으면 하는 마음으로 쓰고 있습니다.

아무튼 본편에서는 다 쓰지 못하는 부분이 많으니까요(땀).

매 권 가필해서 양을 늘리고 있지만, 그래도 한계가 있으니까요.

본편에서 쓸 수 없다면 외전에서! 그런 생각으로 한숨 돌릴 생각으로 쓰기 시작했으니, 소설로 만들면 큰 결점이 있는 것도 자각하고 있었습니다.

서적화 할 때는 괜찮을까? 하는 걱정도 있었죠. 어쨌든 외전에서 주역인 엠마의 인기가 말이죠…… 원작자인 저도 빨리 어떻게든 해야 한다! 라는 초조함은 느꼈어요(웃음).

그래도 3권까지 무사히 발매되고 속간을 낼 수 있다는 기쁜 상황에 감사하고 있습니다.

　『나는 성간 국가의 악덕 영주!』도 포함해서 앞으로도 이 시리즈를 응원해 주셨으면 좋겠습니다.

積みを崩してる人
今後ともよろしくお願いします。
🐾 髙峰 ナダレ 🐱

*쌓인 프라모델을 처리하는 사람
앞으로도 잘 부탁드립니다.
타카미네 나다레

I AM THE HEROIC KNIGHT OF THE INTERSTELLAR NATION Vol.03
©2024 Yomu Mishima
First published in Japan in 2024 by OVERLAP, Inc.
Korean translation rights reserved by Somy Media, Inc.
Under the license from OVERLAP, Inc., Tokyo JAPAN

나는 성간 국가의 영웅 기사 3

2025년 1월 15일 1판 1쇄 발행

저 자	미시마 요무
일 러 스 트	타카미네 나다레
옮 긴 이	박정철
발 행 인	유재옥
이 사	조병권
출판본부장	박광운
편 집 2 팀	정영길 박치우 조찬희
편 집 3 팀	오준영 권진영 이소의 정지원
디자인랩팀	김보라 이민서
디지털사업팀	김경태 김지연 윤희진
콘텐츠기획팀	박상섭 강선화
라이츠사업팀	김정미 이윤서
영업마케팅팀	최원석 이다은 윤아림
물 류 팀	허석용 백철기
경영지원팀	최정연
인쇄제작처	㈜코리아피엔피
발 행 처	㈜소미미디어
등 록	제2015-000008호
주 소	서울시 마포구 토정로222, 502호 (신수동, 한국출판콘텐츠센터)
판매 및 마케팅	(070) 8822-2301

ISBN 979-11-384-8546-3
ISBN 979-11-384-7880-9 (세트)